EUROPAVERLAG

Eva Madelung

ERBEN

Roman

EUROPAVERLAG

© 2020 Europa Verlag AG Zürich
Umschlaggestaltung: Hauptmann & Kompanie Werbeagentur, Zürich,
unter Verwendung eines Fotos von
© KEYSTONE-SDA/PHOTOPRESS-ARCHIV/Walter Studer
Redaktion: Franz Leipold
Layout & Satz: BuchHaus Robert Gigler
Gesetzt aus der Minion Pro
Druck und Bindung: Pustet, Regensburg
ISBN 978-3-95890-322-7
Alle Rechte vorbehalten.
www.europa-verlag.com

INHALT

PROLOG

Wenn ich heute auf mein nun schon über siebzig Jahre
währendes Leben zurückschaue, stelle ich fest, dass der über-
raschende und viel zu frühe Tod meines Vaters die erste ein-
schneidende Erfahrung gewesen ist. Plötzlich hatte ich niemanden mehr, der mir hilfreich zur Seite stand und den ich
um Rat fragen konnte. Zum Beispiel, wie ich mit dem erheb-
lichen Vermögen umgehen sollte, das er, der erfolgreiche
Börsenmakler, meinem Bruder Phillip und mir hinterlassen
hatte. Wie wir zusammen an seinem Grab standen, ahnten
wir noch nicht, was auf uns zukommen würde. Mir wurde
das erst klar, wie ich als Volljährige den mir zustehenden Teil
seines in harter Arbeit erworbenen Vermögens übernahm.
Mein Vater hatte sich aus armen Verhältnissen emporgearbeitet und war als reicher Mann relativ jung bei einem Auto-
unfall ums Leben gekommen.

So lange er lebte, hatte ich mich nicht für seine Arbeit interessiert; daher hatte ich auch keine Ahnung, wie man in
seinem Beruf so viel Geld verdienen konnte. Dass er einiges

besaß, schloss ich aus dem Umstand, dass Phillip und ich in dieses teure Internat gingen, in dem wir nur mit Kindern reicher Leute zusammen waren. Mir war das ganz recht, zumal wir durch die Scheidung unserer Eltern kein Zuhause mehr hatten.

DIE GRUNDSCHULE

Ich wurde 1960 in Frankfurt am Main geboren. Bei meinem Eintritt in die Schule fiel mir zum ersten Mal auf, dass bei mir etwas anders war als bei den anderen Kindern, und ich begann zu ahnen, dass das mit dem Reichtum meines Vaters zusammenhing. Meine Schule lag auf der Grenze zwischen einem Viertel, in dem Wohlhabende wohnten, und einem Arbeiterviertel, und so trafen sich hier, naturgemäß, Kinder aus beiden Schichten. Die Schule war ein riesiges, ziegelrotes Gebäude. Ich musste von unserem in einem großen, parkartigen Garten gelegenen Haus die Straße entlanglaufen, dann rechts abbiegen und erreichte in ungefähr zwanzig Minuten den Haupteingang der Schule. Über ein paar Stufen ging es dann ins Erdgeschoss des Gebäudes. Mein Klassenzimmer lag im zweiten Stock, und von den Fenstern aus hatte man einen weiten Blick über die Stadt.

Ich erinnere mich recht deutlich an meinen ersten Schultag, an dem ich in Begleitung meiner Mutter, die Schultüte im Arm, dieses Gebäude zum ersten Mal betrat. Wir wurden namentlich aufgerufen und in unser zukünftiges Klassenzimmer gewiesen. Dort bemerkte ich, dass sich sowohl Mütter als auch Kinder teilweise kannten. Meine Mutter und ich standen alleine und etwas verloren herum. Kurze Zeit später stellte sich uns eine Frau Stauder als unsere Klassenlehrerin vor. Sie verabschiedete die Mütter freundlich und forderte uns Kinder auf, uns einen Platz auszusuchen, die kleinen vorne und die großen hinten. Da ich zu den größeren gehörte, ging ich zu einer der hinteren Bänke. Ich weiß aber nicht mehr, ob ich wartete, bis sich jemand neben mich setzte, oder ob ich neben einem schon sitzenden, mir sympathisch erscheinenden Mädchen Platz nahm.

Die schon etwas ältere, freundlich blickende Frau Stauder mochte ich gerne, und nachdem ich Folgendes mit ihr erlebt hatte, konnte ich annehmen, dass auch sie mir zugetan war: Eine Schülerin aus einer höheren Klasse hatte mich offenbar in Reitstiefeln gesehen, was gut sein konnte, denn ich durfte damals schon Reitunterricht nehmen. So kam es, dass sie mir mit ein paar Freundinnen in der großen Pause hinterherlief und alle »Reitstieflere, Reitstieflere!« schrien. Da packte mich der Zorn, weil sie mich so verspotteten. Ich rannte auf das Mädchen zu und verprügelte es, bis es zu weinen anfing. Ich allerdings weinte auch, aber aus Wut und Verletzung, während meine Freundin Tina versuchte, mich zu beruhigen.

Als die Pause zu Ende war und wir zurück in unser Klassenzimmer gingen, bekam ich mit, dass die Schülerinnen mich bei Frau Stauder verpetzen wollten, weil ich auf ihre

Kameradin losgegangen sei. Frau Stauder aber fand mein Verhalten in Ordnung und lächelte mir zu, als ich an ihr vorbeiging.

Dies sind zwar von der langen Zeit vernebelte Erinnerungen, aber ganz deutlich ist mir heute noch das starke Gefühl von Wut, Verletzung und auch Angst.

Dabei wurde mir klar, dass ich – aus einem mir damals sicher noch nicht verständlichen Grund – eine Außenseiterin war, weil ich aus einem reichen Hause kam. Wie sehr hatte ich mir gewünscht, dass dem nicht so gewesen wäre! Aber so war es eben. Als Vater Phillip und mich dann in dem teuren Lyzeum Alpinum unterbrachte, war dieser Druck – unter all den andern Kindern reicher Eltern – erst einmal weg.

Der entscheidende Schock aber kam, als ich – durch Vaters unerwarteten Tod – plötzlich mit dem tatsächlichen Umfang meines Erbes konfrontiert wurde. Dabei wurde mir eines schlagartig bewusst: Ich würde mein Außenseitertum niemals loswerden. Offenbar bin ich damit nicht fertig geworden und habe dann – aus meiner heutigen Sicht – seltsam reagiert. Vielleicht war ich einfach noch so kindlich, dass ich auf keinen Fall anders sein wollte als die anderen, und die Erkenntnis, dass dies niemals der Fall sein würde und dass ich dieses Schicksal annehmen müsse, hat mich tief getroffen.

Phillip und ich kamen also ins Lyzeum Alpinum in Zuoz, nachdem die Ehe unserer Eltern, wohl hauptsächlich wegen Mutters Alkoholkrankheit, gescheitert war. Phillip fiel es viel schwerer als mir, sich in diesem Internat einzuleben. Er hing sehr an unserer Mutter und fühlte sich abgeschoben. Aber schließlich fand er doch Freunde, und dank seiner guten Noten bekam er auch Anerkennung. Er lernte wenig, es flog ihm alles zu. Außerdem hatte er Humor. Wenn er die Lehrer nachmachte, lachten alle schallend. Allmählich begann mein Bruder wohl auch einzusehen, dass es wegen der Scheidung der Eltern und des zunehmend bedenklichen Zustands unserer Mutter auch für ihn besser war, in diesem Internat zu leben. Vor allem, nachdem er Freundschaft mit dem aus der französischen Schweiz stammenden Frederic geschlossen hatte. Der war kurz nach uns ins Internat gekommen und litt ebenfalls unter Heimweh. Er hatte ein gewinnendes Wesen genauso wie Phillip, doch im Unterschied zu ihm fiel ihm das Lernen nicht leicht, zumal er weder Deutsch noch Englisch perfekt beherrschte. Dafür war Frederic ein gewandter Sportler. Außerdem hatte er schon die ersten Abenteuer mit Mädchen hinter sich, wofür ihn mein in dieser Hinsicht schüchterner Bruder bewunderte.

Phillip spielte zu dieser Zeit bereits sehr gut E-Gitarre, und Frederic hatte angefangen, Schlagzeug zu lernen. Sie wurden Mitglieder der Schulband, die bei verschiedensten Gelegenheiten des Schullebens gefragt war, und beiden machte es großen Spaß mitzuspielen. Frederic, der beliebig Geld zur Verfügung hatte, kaufte sich alle Schallplatten mit den neuesten Hits, und die Freunde verbrachten viele Stunden damit, sie anzuhören.

Ich selbst freundete mich bald mit Urs und Gretel Lüthi an. Urs war in meiner Klasse, Gretel eine Klasse tiefer. Mit ihr war ich durch unsere gemeinsame Freude am Querflötenspiel verbunden, und wir saßen im Schulorchester am gleichen Pult. Wir waren so begeistert, dass wir uns häufig in der großen Pause trafen, um Duette zu spielen. Wenn das Wetter schön war, gingen wir in unserer Freizeit manchmal mit unseren Flöten in den nahen Wald. Das war nicht nur romantisch, sondern auch sehr spannend, weil wir befürchten mussten, von den Kameraden entdeckt und verspottet zu werden. Wir wurden unzertrennlich und vertrauten uns gegenseitig fast alles an. Dass Gretel eine Klasse unter mir war, spielte dabei keine Rolle.

Urs dagegen warb in so sympathischer Weise um mich, dass auch wir gute Freunde wurden. Zum Beispiel wusste er es, wenn wir mit der Klasse einen Skiausflug unternahmen, fast immer so einzurichten, dass wir nebeneinander im Lift saßen. Bis dahin war mein Vater – mit Ausnahme meines Bruders Philipp – für mich das einzige männliche Wesen, das ich näher kannte. Urs gefiel mir, und es schmeichelte mir wohl auch, dass er sich so offensichtlich für mich interessierte.

Urs war ein fantastischer Skifahrer, da er von klein auf jeden Winter auf den Brettern gestanden hatte. Von seiner Heimatstadt Solothurn ist es ja nicht weit in die Alpen, und seine Eltern liebten diesen Sport und nutzten jede Gelegenheit, um mit ihren Kindern Ski zu laufen. Ich dagegen kam aus einem Elternhaus, in dem sich niemand sportlich betätigte. Allerdings hatte mein Vater diese unselige Vorliebe für rassige Autos, die ihm schließlich zum Verhängnis wurde. Aber immerhin hatte ich vor einigen Jahren, als ich noch in der Grundschule war, einen dreitägigen Skikurs mitgemacht, und so hatte ich wenigstens schon einmal auf Skiern gestanden.

Das Skifahren hier in dieser unglaublich schönen Landschaft war jedoch etwas vollkommen anderes! In unserer Freizeit ging ich daher häufig mit Urs zusammen auf die Piste. Er war ein geduldiger Lehrer, und am Ende der Saison konnte ich schon viel besser mit ihm mithalten.

Als der Winter vorbei war, schlug er vor, zusammen einen Kletterkurs zu machen, der über die Schule angeboten wurde. Aber ich lehnte ab, weil ich nicht schwindelfrei genug bin. Überhaupt fand ich die vielen Angebote, die wir vonseiten der Schule bekamen, ziemlich übertrieben; deshalb sagte ich zu Urs, dass mir das ein schlechtes Gewissen mache gegenüber Kindern ärmerer Eltern, die sich so eine Schule nicht leisten konnten. Aber er fand nichts dabei. Für ihn war es vollkommen natürlich, dass Eltern, die es zu etwas gebracht hatten, ihre Kinder auf Schulen schickten, in denen sie Freunde aus derselben Gesellschaftsschicht finden konnten, und das sogar international. Sie sollten ja schließlich einmal das Familienerbe übernehmen.

Seine Ansicht machte mich nachdenklich, und ich verstand, dass das in seiner alteingesessenen Unternehmerfamilie anders war als bei uns, wo es außer Geld nichts zu vererben gab. Sicher hätte mein Vater versucht, seine Expertise an uns weiterzugeben, wenn wir uns dafür interessiert hätten. Doch das war weder bei Phillip noch bei mir der Fall. Verständlicherweise, denn wir erlebten ja, unter welchem

Stress er andauernd stand und wie wenig Zeit er für uns aufbringen konnte, obwohl er uns liebte, das spürten wir.

Oft dachte ich mir, was das für ein knochenharter Beruf sein müsse und wie wenig er eigentlich vom Leben hatte. Dazu kam noch seine verkorkste Ehe. Wie war er nur darauf verfallen, diese labile Frau, die meine Mutter nun einmal war, zu heiraten? Im Nachhinein hege ich den dunklen Verdacht: Der Grund war, dass sie die Tochter eines erfolgreichen Bankiers war, der Vaters Karriere ebnete. Außerdem konnte er durch diese Heirat mit einem entsprechenden Erbe rechnen. Ich wünsche mir, dass ich mich irre, aber angesichts meiner immer mehr der Trunksucht verfallenden Mutter kann ich das nicht recht glauben.

Dies sind zum Teil Gedanken, die ich mir damals noch nicht machte. Ich war jung, das Leben lag vor mit, und ich war froh, in dieser Schule gute Freunde gefunden zu haben.

Mit Urs einigte ich mich darauf, statt eines Kletterkurses lieber Bergwanderungen zu unternehmen. So schien mein Leben – und das meines Bruders – in die richtigen Bahnen gekommen zu sein, als das Unheil uns traf.

DER TOD UNSERES VATERS

An einem warmen Apriltag des folgenden Jahres kam in der großen Pause ein Klassenkamerad auf mich zu und richtete mir aus, dass der Rektor mich sprechen wolle. *Seltsam. Hoffentlich ist zu Hause alles in Ordnung,* schoss es mir durch den Kopf. »Zu Hause«, das war seit der Scheidung der Eltern für mich ein belastetes Wort. Am besten dachte man nicht darüber nach.

Als ich ins Zimmer des Rektors trat, sah er mich ernst an und forderte mich auf: »Rufe bitte gleich deine Mutter an!« Das klang beunruhigend.

»Soll ich nicht erst nach Phillip suchen?«

»Ja, tu das!«

Ich fand meinen Bruder lachend und mit seinen Freunden schwätzend auf dem Pausenhof. »Der Rex sagt, wir sollen sofort Mutter anrufen«, rief ich ihm entgegen. »Seltsam!«

Wir gingen zusammen zur Sekretärin des Rektors, die für uns die Verbindung herstellte. Wir waren beide sehr nervös und angespannt, und ich fragte mich, ob unsere Mutter überhaupt ans Telefon gehen würde. Die Reaktionen auf unsere bisherigen Versuche, mit ihr in Kontakt zu treten, waren nicht gerade ermutigend, im Gegenteil. Ich hatte vielmehr den Eindruck, ihr Alkoholismus würde immer schlimmer.

Mutter hob jedoch gleich ab: »Gut, dass du anrufst, Maya. Euer Vater ist verunglückt.«

Sie sprach leise, und ich fragte erschrocken: »Wo und wie? Kann man ihn besuchen? In welchem Krankenhaus liegt er?«

»Nein«, kam es kaum hörbar zurück. »Er ist tot … In vier Tagen ist das Begräbnis. Ihr müsst sofort kommen!«

Mutter hängte auf, ich starrte entsetzt vor mich hin. Phillip fragte angstvoll: »Was ist los?«

Ich konnte kaum sprechen und brach in Tränen aus. »Papa … ist verunglückt. Er … er ist …«

»Was ist er?«

»Tot!«, schluchzte ich und nahm ihn in den Arm.

Wir weinten fassungslos und hielten uns aneinander fest. Die Sekretärin wurde auf uns aufmerksam und fragte, was los sei. Ich antwortete nichts und ging mit Phillip auf mein Zimmer.

»Wir müssen Mami noch mal anrufen«, sagte ich, als ich mich wieder einigermaßen gefangen hatte. »Wir müssen wissen, wann wir kommen sollen und wie?«

Ich ging zurück ins Sekretariat und probierte es erneut, aber Mutter hob nicht mehr ab. Ich rief bei unserer ebenfalls in Frankfurt wohnenden Tante Ursel an: »Ihr könnt erst mal bei uns bleiben. Bitte kommt möglichst bald!«

Am nächsten Tage saßen wir im Flugzeug von Zürich nach Frankfurt, traurig, verwirrt und angespannt. Was würde jetzt werden? Wie sollte das alles weitergehen?

Ursula von Lehndorff, die Schwester meines Vaters, holte uns am Flughafen ab. Wir erfuhren, dass unsere Mutter nicht zur Beerdigung kommen würde, und waren froh, dass wir bei der Tante wohnen konnten. Bei Mutter wusste man nie, ob sie nicht angetrunken war.

Von Onkel Karl erfuhren wir, dass unser Vater mit seinem neuen Sportwagen eine Spritztour durch den Taunus unternommen hatte und in einer Haarnadelkurve gegen die Leitplanke geprallt war; dabei war er so schwer verletzt worden, dass er noch im Rettungswagen auf dem Weg ins Krankenhaus verstorben war. »Gott sein Dank ist niemand anderer zu Schaden gekommen.« Mir fiel auf, dass unser Onkel den letzten Satz mit besonderer Betonung sprach.

DIE BEERDIGUNG

Die Aussegnungshalle des Höchster Friedhofs war bis zum letzten Platz besetzt. Es hatte sich viel Prominenz versammelt. Philipp und ich saßen mit Tante und Onkel in der ersten Reihe. Der Sarg, bedeckt mit üppigen Kränzen und Bouquets, stand leicht erhöht, und bei meinem Bruder rannen ununterbrochen die Tränen. Ich dagegen war innerlich wie gefroren, fühlte gar nichts und blickte starr vor mich hin. Dort vorne hielt jemand eine Rede, es handelte sich wohl um den Vorstandsvorsitzenden der Börse. Wie durch einen Schleier hörte ich, wie er die Verdienste unseres Vaters hervorhob und sein gewinnendes Wesen pries. *Gewinnendes Wesen, ja, das stimmt!*, dachte ich und sah meinen Vater vor mir, wie er herzlich mit uns lachte bei den seltenen Gelegenheiten, an denen er etwas mit uns unternommen hatte. Einmal, auf einer längeren Wanderung, als ich nicht mehr laufen konnte oder wollte, hat er mich auf seinen Schultern getragen, und ich lenkte ihn, indem ich ihn mal links und mal rechts bei den Ohren zog. Auch er fand das lustig, machte Bocksprünge, während ich vor Freude laut kreischte.

Als der Sarg schließlich hinausgetragen wurde, hatte ich von den Reden kaum etwas mitbekommen, und nachdem er in die Erde versenkt war, standen Phillip und ich neben dem Grab und nahmen die Beileidsbekundungen entgegen. Ich kannte die meisten Menschen gar nicht, und mir fiel es zunehmend schwer, das durchzustehen.

Beim Mittagessen, zu dem nur ausgewählte Gäste geladen waren, saß Phillip neben der Frau eines engen Mitarbeiters unseres Vaters. Ich überhörte, wie sie in den höchsten Tönen von ihm schwärmte und seine Fähigkeiten und Verdienste pries: »Niemand hat ihm seine Schwäche für schnelle Autos verübelt, er gönnte sich ja sonst nichts und arbeitete Tag und Nacht. Er war äußerst charmant, und ich habe ihn sehr geschätzt.«

Phillip bekam mit, welches Ansehen und welche Wertschätzung unser Vater genossen hatte. Aber ich hatte das Gefühl, dass ihm das alles zu viel wurde und er am liebsten davongelaufen wäre.

Mich hatte man neben dem Vorstandsvorsitzenden der Börse platziert. Er wiederholte mir gegenüber noch einmal, was er schon in der Rede gesagt hatte, und schmückte es noch aus: »Ihr Vater war ein so gewinnender und kluger Mensch und unter anderem äußerst kritisch gegenüber Wirtschaftsforschungsinstituten. Von diesen hat er gar nichts gehalten. Mir gegenüber hat er einmal gesagt, dass sie eine Rezession noch nicht einmal erkennen würden, wenn sie schon seit längerer Zeit im Gange ist. Vom Sachverstand der Politiker hielt er auch nicht viel und war unter anderem der Meinung, die Planungen über ein europäisches Währungssystem kämen viel zu früh. Das könnte gar nicht gutgehen.«

Ich nickte zustimmend, denn meine Meinung von ihm war schon immer hoch gewesen, und ich hatte auch häufig gespürt, dass er – ohne es offen zu zeigen – mich meinem Bruder vorzog, vielleicht weil ich in vielen Dingen ihm nachschlug.

DAS TESTAMENT

Nachdem die Beerdigung vorüber war, machten wir uns fertig, um wieder in das Internat zurückzukehren. Da eröffnete uns Tante Ursulas Ehemann Karl, ein angesehener Rechtsanwalt und enger Freund unseres Vaters, dass er ihn vor einigen Jahren gebeten habe, die Testamentsvollstreckung zu übernehmen, wenn ihm etwas zustoßen sollte. »Euer Vater hat ein beträchtliches Vermögen hinterlassen«, sagte er. »Sein Testament wird in zirka sechs Wochen eröffnet. Ich werde euch helfen, mit dem Erbe umzugehen, bis ihr volljährig seid und dann eure eigenen Entscheidungen treffen könnt.«

Natürlich war mir schon länger klar gewesen, dass unser Vater ein vermögender Mann sein musste, da wir auf dieses Internat gingen. Aber ich hatte mir bisher wenig Gedanken gemacht, was das für mein künftiges Leben bedeutete. Vater hatte uns immer wieder eingeschärft, wie wichtig eine gute Ausbildung sei und dass wir uns nicht allein auf unser Erbe verlassen sollten. So hatten wir beide meist gute Noten mit nach Hause gebracht, und Phillip zählte immer zu den Besten seiner Klasse. Ich musste mich mehr anstrengen, glich aber meine Schwächen durch Fleiß aus.

Onkel Karl sagte, Vater hätte sich vorgenommen, uns zum 18. Geburtstag eine größere Schenkung zu machen und uns dann bei der Verwaltung behilflich zu sein. Dazu war es nun nicht mehr gekommen. So wurde der Onkel für uns zu einer Art Vaterersatz, und mein Bruder und ich fühlten uns der neuen Situation als Halbwaisen nicht mehr ganz so hilflos ausgeliefert.

Nach Ablauf der sechswöchigen Frist reiste Karl zu uns nach Zuoz, um das inzwischen veröffentlichte Testament zu besprechen. Er hatte sich im Hotel Engadina einquartiert und uns ausrichten lassen, dass wir ihn am Nachmittag dort besuchen sollten. Wir trafen uns auf seinem Zimmer, und er bestellte Kaffee und Kuchen, ehe er jedem eine Kopie des Testaments in die Hand drückte. Für mich war vor allem die Höhe des Erbes ein Schock. Außerdem erstaunte mich die Tatsache, dass Vater auch eine gewisse Sigrid Mollenhauer mit einer beträchtlichen Summe bedacht hatte. Mir war zwar eine unbekannte Frau unter den Trauergästen aufgefallen, aber ich hatte nicht weiter darüber nachgedacht.

»War das die blonde Frau auf der Beerdigung, die ich nicht kannte, die aber gleich wieder ging und beim Leichenschmaus nicht dabei war?«, fragte ich Onkel Karl. »Ja, Sigrid war schon vor der Scheidung eurer Eltern mit eurem Vater befreundet und wurde dann zu seiner Partnerin. Sie ist auch Börsenmaklerin und sehr tüchtig in ihrem Beruf. Zufällig war sie mit auf der verhängnisvollen Spritztour deines Vaters im Lamborghini, hat aber den Unfall erstaunlicherweise überlebt.«

Ich war tief getroffen: Nicht nur, dass ich von alledem nichts gewusst hatte, während mein Onkel längst eingeweiht war. Die einfache Tatsache, dass der von mir so geliebte Vater sich einer anderen Frau zugewandt hatte, traf mich seltsamerweise tief, und ich fühlte mich verletzt. Aus heutiger Perspektive vermute ich, dass ich mich unbewusst als die bessere Partnerin für meinen Vater gesehen hatte, da seine Beziehung zu Mutter nicht gut war, und dass sich deshalb eine Art verquerer Eifersucht in mir regte.

Phillip dagegen schien über die Höhe des Erbes eher erfreut, fand aber, dass Mutter einen zu kleinen Anteil erhielt, weil es ihr so schlecht ging und Vater doch sie verlassen habe, und nicht sie ihn.

Ich hörte Onkel Karl nur mit halbem Ohr zu, als er sagte, dass ich, wenn ich nächstes Jahr volljährig würde, die uneingeschränkte Verfügung über das Geld bekäme. Denn in Gedanken war ich noch bei dieser – von mir so empfundenen – »Untreue« meines Vaters: Wie konnte er mir das verheimlichen!? Gleichzeitig hatte ich das Gefühl, dass irgendetwas nicht stimmte an meiner Betroffenheit und dass ich mit meinem Anspruch eine Grenze überschritt. Ich war völlig verunsichert und verspürte plötzlich den Impuls, mein Erbe zurückzuweisen.

»Kann man ein Erbe auch verweigern?«, fragte ich.

»Natürlich kann man das«, meinte Karl verwundert.

»Aber jetzt warte doch erst einmal ab, bis du volljährig bist. Dann kannst du das in aller Ruhe entscheiden.«

Als Karl abgereist war, fühlte ich mich völlig ratlos. Was sollte ich tun im nächsten Jahr, wenn ich volljährig würde? Ich hatte das Bedürfnis, mit jemandem darüber zu sprechen, und ich weiß selbst nicht, warum ich mich an Gretel wandte und nicht an Urs, mit dem ich bisher vieles besprochen und den ich mir schon oft als Lebenspartner vorgestellt hatte.

Für Phillip dagegen lagen die Dinge, die Karl uns über das Testament des Vaters berichtet hatte, offenbar weit in der Zukunft, und er machte sich keine Gedanken darüber.

DIE FREUNDIN

Als ich einige Tage später mit Gretel auf meinem Zimmer zusammensaß, schnitt ich das mir auf der Seele brennende Thema an. Gretel hörte aufmerksam zu und sagte schließlich, dass es auch ihr schon durch den Kopf gegangen sei. Sie hätte sich gefragt, was es für sie bedeuten würde, wenn nach dem Tod ihres Vaters das Erbe verteilt würde. Allerdings verstand sie nicht sofort, was für ein grundsätzliches Problem ich damit hätte.

»Seltsamerweise«, erklärte ich ihr, »bin ich von der Tatsache troffen, dass mein Vater schon vor der Scheidung von unserer Mutter eine Beziehung zu einer anderen Frau hatte und dass diese Frau dann bei dem für ihn tödlichen Unfall mit im Auto saß, aber überlebte. Ich nehme ihm das übel, obwohl es mich eigentlich nichts angeht. Es ist mir auch gar nicht unrecht, dass sie mit unter den Erben ist. Als ich sie auf der Beerdigung sah, ohne zu wissen, wer sie ist, war sie mir sofort sympathisch. Ein anderer Grund meines Widerwillens gegen das Erbe könnte auch sein, dass ich keine Ahnung habe, wie man als Börsenmakler so viel Geld verdienen kann, wie ihm das offenbar gelungen war. Andererseits hätte ich ihn ja fragen können. Er hätte es mir sicher gern erklärt.«

Gretel überlegte eine Weile und meinte dann: »Du hast es doch eigentlich gut getroffen, denn bei dir kann niemand schon am Namen erkennen, dass du aus einer reichen Familie stammst. Mir ist es oft peinlich, wenn ich neue Leute kennenlerne, dass ich wegen meines Namens sofort als reiche Erbin erkannt werde. Fast jeder kennt schließlich die Marken und Produkte aus der Firma meines Vaters und weiß aufgrund meines Nachnamens – jedenfalls in meiner Heimatstadt –, dass ich aus dieser Familie stamme. Und was mein Vater in seiner Fabrik genau tut, weiß ich auch nicht. Bisher habe ich mich – genau wie du – bisher kaum dafür interessiert, weil es Sache meines Bruders ist, Nachfolger unseres Vaters zu werden. Das ist mir auch sehr recht, weil ich an einem Managerposten nicht interessiert bin. Leider weiß Urs bis heute nicht, ob er die Firma überhaupt übernehmen möchte. Ich glaube, er will lieber Architekt oder Maler werden, das liegt ihm viel mehr.«

So unterhielten wir uns noch lange, aber letztendlich blieb ich verwirrt und verstört zurück.

ABITUR UND
ÜBERNAHME DES ERBES

Während des Jahres, an dessen Ende das Abitur stand, traten diese Fragen jedoch in den Hintergrund, denn ich war überwiegend mit Lernen beschäftig.

Als die Prüfungen vorüber waren, feierten wir ein rauschendes Fest, auf dem ich fast ausschließlich mit Urs tanzte. Als es danach ans Abschiednehmen ging, sagte ich zu ihm, dass ich jetzt vor allem meine Erbangelegenheiten regeln müsse, wofür ich einige Zeit brauchen würde. »Schauen wir mal, wie es dann weitergeht!«

Urs war offenbar erstaunt über meine Ankündigung, nahm sie aber hin, ohne weiter darauf einzugehen. Als er später dabei war, für ein Jahr in die USA zu gehen, meldete er sich noch einmal. Er sollte dort die von seinem Vater vorgesehenen Praktika in ähnlich strukturierten Unternehmen durchlaufen. Er schrieb mir und fragte, ob wir uns nicht jetzt verloben sollten. Aber so selbstverständlich ich in unserem letzten Schuljahr mit einem Ja auf diese Frage geantwortet hätte, so fern lag mir das jetzt: Ich hatte eine große Aufgabe vor mir, und alles andere musste warten. Ich zögerte etwas, ihm das mitzuteilen, weil ich mir seine Enttäuschung vorstellen konnte, aber schließlich schrieb ich es ihm klipp und klar. Danach hörte ich nichts mehr von ihm.

DIE ELTERN

So ganz ließ sich meine Beziehung zu Urs jedoch nicht bei-
seiteschieben, und irgendwann kam ich ins Grübeln über
seinen von dem meinen so verschiedenen familiären Hintergrund. Sein Vater war ein erfolgreicher Unternehmer, der das
Familienunternehmen von seinem Vater – Urs Großvater –
übernommen und wesentlich vergrößert hatte. Er war ein
angesehener Bürger von Solothurn, Mitglied des Stadtrats
und hochrangiger Militär. Er hatte sein Erbe erfolgreich erweitert und konnte stolz auf seine Familientradition zurück-
blicken. Für seine Nachkommen ergaben sich daraus allerdings auch Nachteile: Als mich Urs einmal in den Ferien
nach Solothurn einlud, hatte ich mich seltsam beengt gefühlt,
vor allem, wenn ich mir vorstellte, hier als »die Frau an seiner
Seite« zu leben. Ich dachte dabei auch an Gretels Schilde-
rung, wie ihr Leben als Tochter des bekannten Unternehmers
verlief.

Mein Vater dagegen war zwar ein erfolgreicher Börsenmakler, aber in Frankfurt nur in Insiderkreisen bekannt.

Kaum jemand dachte sich etwas dabei, wenn ich meinen Namen nannte, und so hatte ich völlig andersartige Probleme als Urs und Gretel. Er hatte sich ja aus einfachsten Verhältnissen emporgearbeitet. Unter anderem dadurch – wie er mir einmal amüsiert erzählte –, dass er an einem Tanzkurs teilnahm. Denn dabei hatte er meine Mutter kennengelernt, und sie hatten sich auf Anhieb so gut verstanden, dass er sie sogar als ihr Kavalier auf den Abschlussball begleiten durfte. Als gutaussehender, ehrgeiziger junger Mann hatte er es verstanden, das Wohlwollen meines Großvaters zu erringen, und dieser hatte ihn später auch protegiert und seine Karriere gefördert.

Heute denke ich, dass das Motiv, das der Heirat meines Vaters zugrunde lag, zwar verständlich war, aber aller Wahrscheinlichkeit nach zu nichts Gutem führen konnte. Kein Wunder, dass die Ehe schließlich zerbrach. Meine Mutter war als verwöhntes Einzelkind aufgewachsen, hatte mit Müh und Not das Abitur bestanden und danach nichts gelernt außer Kochen und Tanzen. Letzteres hat ja dann auch zur Ehe mit meinem Vater geführt. Die Erziehung von uns Kindern hat sie weitgehend Kinderfrauen überlassen, denn sie wollte ungehindert ein großes Haus führen. Sobald wir uns aber an eine gewöhnt und sie lieb gewonnen hatten, entließ sie sie wieder, wohl aus Eifersucht und Angst, wir könnten ihr entgleiten.

Dass Mutter es gut verstand, glanzvolle Einladungen zu geben, war natürlich auch im Sinne meines Vaters. Trotzdem nahm seine Zuneigung zu ihr – und das war auch für uns

Kinder spürbar – stetig ab. Ich dagegen konnte mich auf seine Liebe verlassen und war ihm in Bezug auf Fleiß und Strebsamkeit ähnlich, während Phillip der Liebling der Mutter war und blieb.

Über Geld wurde mit uns nicht gesprochen. Wir wussten nur, dass Vater hart arbeitete und einiges verdiene musste. Wie sonst hätte Mutter diese ständigen Einladungen ausrichten können, auf denen sie mit den tollsten Designermoden glänzte?

Wenn Vater bei häuslichen Mahlzeiten einmal anwesend war – was selten genug vorkam –, sprach er meist über seine beruflichen Erfolge. Einmal war er zu einer Ausschusssitzung des Deutschen Bundestags eingeladen worden, um über spezielle Themen zu referieren. Ein anderes Mal hatte er einen sehr erfolgreichen neuen Fonds gegründet, und auch seine Bücher über Themen aus der Finanzwelt erreichten hohe Auflagen. Für Mutter und mich war das ein Anlass, ihn zu bewundern; Phillip jedoch machte es eher Angst und raubte ihm jede Hoffnung, es Vater jemals gleichtun zu können.

DIE ZWEITE BEERDIGUNG

Als ich in traurige Gedanken versunken vor mich hinsah, stand plötzlich Urs vor mir. Vollkommen überrascht, spürte ich einen heftigen Impuls, ihn zu umarmen, aber ich folgte ihm nicht, sondern reichte ihm nur die Hand und sagte: »Phillip ist also der Erste von uns!« Doch unversehens waren sie da, die Erinnerungen an die enge Freundschaft im Internat und an die Zeit nach dem Abitur, in der ich das nach dem Tod meines Vaters an mich gefallene Erbe übernehmen musste und Urs aus den Augen verlor. Damals wollte er sich mit mir verloben, ehe er zu einem längeren Praktikum nach Amerika aufbrach, aber mir war das alles zu viel und ich hatte ihn vertröstet. Ich hatte meine Entscheidung damals nicht als ein endgültiges Nein zu einer engeren Verbindung gesehen. Aber zugegeben, ich ließ mir sehr lange Zeit, und er musste es vielleicht so verstehen. Irgendwann erfuhr ich über Dritte, dass er geheiratet hatte, und war überrascht und betroffen. Seitdem hatten wir keinen Kontakt mehr gehabt. Urs drückte mir fest die Hand und flüsterte mir einen Gruß von

Gretel zu, die im Moment noch verhindert sei, aber am Nachmittag eintreffen werde.

Als die Orgel ertönte und die Trauergäste ihre Plätze einnahmen, bat ich Urs, sich neben mich in die erste Reihe zu setzen. Dabei erfasste mich auf einmal heftige Trauer um meinen Bruder Phillip, und wie um mich selbst zu beruhigen, murmelte ich halb zu Urs gewendet: »Es ist besser so. Er konnte nicht leben.«

Während die Orgel noch tönte und der von mir beauftragte Geistliche an den Ambo trat, war ich äußerst gespannt, was er sagen würde. Es war ja schwer genug gewesen, überhaupt jemanden zu finden, und wahrscheinlich hatte ich ihm auch viel zu wenig erzählt über Phillips Leben. Vor allem die letzten Jahre hatte ich fast ganz ausgespart, als würde ich mich für meinen Bruder schämen.

Als der Pfarrer die üblichen Floskeln brachte, vom »entschlafenen Bruder Phillip«, der nun »eingegangen sei in die Güte des Herrn«, bereute ich bitter, dass ich mich nicht aufgerafft hatte, selbst ein paar Worte zu sprechen. Eigentlich ist es beschämend, bei derartigen Gelegenheiten wieder auf die Kirche und ihre Diener zurückzugreifen, wenn man, wie ich, sonst nie hinging. Dabei war es doch damals bei meiner Konfirmation in Frankfurt noch ganz anders gewesen: Wie ernst hatte ich alles genommen! Ich hatte vorher gefastet und in der Bibel gelesen! Und jetzt die erbärmliche Zeremonie, die dieser Pfarrer veranstaltete, den ich für einen Einfaltspinsel hielt!

Nie wieder bin ich danach in einen Gottesdienst, geschweige denn zum Abendmahl gegangen. Der Pfarrer, der uns im Internat unterrichtete, hatte unter meinen bohrenden Fragen zu leiden gehabt und war oft um eine Antwort verlegen gewesen. An die Stelle meines Interesses für Religion trat jedoch mit der Zeit meine Begeisterung für Musik, für den Schulchor und das Schulorchester und für das gemeinsame Musizieren mit Gretel. Ich hätte es mir denken können – und es wäre wirklich besser gewesen –, selbst ein paar Worte zu sprechen! Als die Orgel dann das Kirchenlied »Befiel du deine Wege …« intonierte, hatte ich das traurige Gefühl, dass ich als Einzige mitsänge, weil niemand den Text kannte.

Schließlich kamen die Friedhofsdiener in ihren grauen Uniformen und trugen den Sarg hinaus. Ich bat Urs, neben mir hinter dem Sarg zu gehen; anschließend folgten Onkel Karl und Tante Ursel und noch ein paar Leute, die ich nicht kannte. Kein Wunder, denn ich hatte außer Onkel, Tante, Urs und Gretel niemanden benachrichtigt. Die Adressen der beiden Geschwister herauszubekommen war schwer genug gewesen,

Als der Sarg ins Grab gesenkt wurde, warf ich eine Rose und eine Schaufel Erde darauf. Urs tat es mir nach und blieb neben mir stehen. So kam es, dass die meisten Trauergäste auch ihm kondolierten.

DAS ESSEN
MIT DEN FREUNDEN

Nach der Beerdigung gingen wir zu einem Italiener ganz in der Nähe der Aussegnungshalle. Wir waren nur ein paar Leute am Tisch. Ich fing ein Gespräch mit einem mir Unbekannten an, der sich als einer von Phillips Therapeuten vorstellte.

»Ich hatte so gehofft, dass es klappen würde, ihn da rauszuholen«, sagte er. »Aber er wurde immer wieder rückfällig, hielt sich nicht an die Regeln, hatte Sex, was streng verboten ist bei uns; zu guter Letzt blieb uns nichts anderes übrig, wir mussten ihn rausschmeißen.«

Was der Therapeut erzählte, war mir größtenteils neu, denn ich war nur in Phillips letzten Lebensmonaten wieder mit ihm in Kontakt gekommen.

»Er war in mehreren Therapie-Einrichtungen gewesen, ehe er zu uns kam«, erzählte der Therapeut weiter, »und er schien sehr motiviert, es bei uns zu schaffen. Aber sein Verhalten widersprach dem, was er sagte. Ich hatte Philipp wegen seines liebenswürdigen Wesens ins Herz geschlossen und immer wieder ein gutes Wort für ihn eingelegt. Aber als er begann, sich mit Männern sexuell einzulassen, ging es nicht mehr. Sex, egal mit welchem Geschlecht, ist bei uns in den ersten Monaten absolut tabu. Ich hatte gleich das Gefühl, dass dieser Rausschmiss für Phillip schlimme Folgen haben würde. Aber ich konnte nichts mehr für ihn tun.«

Der Therapeut wusste offenbar, dass ich die Schwester des Verstorbenen bin, denn er fragte unvermittelt, ob ich Schuldgefühle hätte. Als ich zögernd bejahte, meinte er, dass das häufig vorkomme und auch verständlich sei. Aber Verwandte könnten einem Drogenabhängigen nicht helfen und sollten sich von dem Wunsch freimachen, so schwer es ihnen auch falle. Er hatte recht: Ich kann erst heute von mir sagen, dass meine Schuldgefühle weitgehend überwunden sind.

Danach setzte ich mich neben einen anderen, mir ebenfalls vollkommen Unbekannten. Sein heruntergekommenes Äußeres erinnerte mich an Phillip in den letzten Monaten. Ich fragte ihn, ob er ein Freund von ihm sei, und er erzählte, dass sie zusammen eine Therapie gemacht hätten. Das sei aber nichts für sie beide gewesen, die vielen Regeln, das Eingesperrt-sein.

Ich wusste nicht weiter im Gespräch mit diesem Mann, der nach längerem Schweigen schließlich meinte: »Na ja, irgendwann erwischt es einen eben.«

Ich merkte, dass mir die Tränen kamen, gab ihm die Hand und ging zurück zu Urs. »Er ist ein Freund Phillips gewesen«, erklärte ich, »wahrscheinlich ein Dealer, genau wie mein Bruder in den letzten Monaten. Philipp hatte sein beträchtliches Erbe völlig durchgebracht, selbst mich hat er manchmal um Geld angehauen. Wie kann es so weit mit einem Menschen kommen? Wenigstens habe ich alles getan, was mir möglich war!«

Nach einiger Zeit hob ich die Tafel auf und verabschiedete mich von allen. Ich drückte auch dem Kumpel meines Bruders die Hand und bat ihn, auf sich achtzugeben. Er zuckte nur mit den Achseln.

IN MEINER WOHNUNG

Urs und ich gingen nach dem Essen in meine Wohnung, um auf Gretel zu warten. Endlich klingelte es. Als sie vor der Tür stand, umarmten wir uns. Sie aber sagte in leicht vorwurfsvollem Ton: »Dass es diesen traurigen Anlass braucht, damit wir uns wiedersehen! Warum hast du denn so lang nichts von dir hören lassen?« In diesem Moment fragte ich mich selbst, warum ich das getan hatte. Wenn ich es recht bedenke, ist diese Frage auch einer der wichtigsten Gründe, warum ich das alles niederzuschreiben versuche. Ich war jetzt unglaublich froh, mit diesen mir vertrauten Menschen zusammen zu sein. Es fühlte sich an, als sei ein Bann gebrochen und eine Last von mir abgefallen. Was in aller Welt war es bloß gewesen, das mich so lange Zeit gehindert hatte, die Verbindung zu meinen Freunden wieder aufzunehmen?

Seit ich Urs' Wunsch, sich mit mir zu verloben, abgelehnt hatte, war eine Art Mauer zwischen uns gewesen. In letzter Zeit allerdings, während ich Phillips langsamen Zerfall mit ihm durchlitten hatte, tauchte der Gedanke immer häufiger auf, ob ich Urs und Gretel davon berichten sollte, ja, vielleicht sogar müsste. Aber immer wieder hatte ich Abstand davon genommen. Nun wurde mir plötzlich bewusst, wie falsch das war.

Ich erzählte ihnen, dass ich seit dem Tod einer Freundin, durch die Philipp immer mehr dem Drogenkonsum verfallen war, die einzige Ansprechpartnerin für ihn gewesen sei. »Zum Schluss hatte er sich völlig aufgegeben, war zu keiner geregelten Tätigkeit mehr fähig und hat kaum mehr gegessen. Er hatte mir seinen Wohnungsschlüssel gegeben. Ich habe immer wieder nach ihm geschaut, so gut wie möglich aufgeräumt und nachgefragt, was ich sonst noch für ihn tun könnte. Eines Tages aber fand ich ihn tot: Er hatte wohl absichtlich eine Überdosis genommen. Noch während seines Jurastudiums hatte er große Pläne: Er wollte sich als Anwalt niederlassen und ausschließlich für Arme, Schwache und Benachteiligte kostenlos arbeiten. Aber seit er diese Freundin hatte, ging es bergab. Weiß Gott, was ihn an ihr anzog. Womöglich ihre Hilfsbedürftigkeit? Sie hatte es hauptsächlich auf sein Geld abgesehen, das war von Anfang an mein Verdacht. Als sie starb, waren sogar seine reichlichen Mittel erschöpft, und er musste mich mehrmals um finanzielle Unterstützung angehen. Ich habe sie ihm immer gewährt. Ich konnte es kaum glauben und frage mich noch heute, was hinter seiner Labilität eigentlich steckte. Dabei kam ich wieder auf dieselbe Ursache, wie bei früheren Überlegungen: seine enge Verbundenheit mit Mutter. Für ihn war es wohl viel schlimmer als für mich, zu sehen, wie sie immer stärker abbaute und uns Kinder mehr und mehr vernachlässigte. Auch die Scheidung hat ihn letztendlich sicher mehr als mich getroffen. Ich war ja Vaters Liebling, mir ging es gut. Er hat sich um uns gekümmert und auch entschieden, dass wir auf das Internat gehen sollten. Ich war froh darüber, aber ich glaube, Phillip hat sich irgendwie abgeschoben gefühlt.

Der andere Grund seiner Labilität war wohl das viele Geld, das wir erbten. Erfahren haben wir davon ja erst nach Vaters Tod, von unserem Vormund Onkel Lehnhoff. Er sagte uns auch, dass Vater die Geldfrage mit uns bei unserer Volljährigkeit hätte besprechen wollen.

Vielleicht war es auch eine besondere Art von schlechtem Gewissen, das Phillip diese großen Pläne schmieden ließ, als Anwalt der Armen und der Zukurzgekommenen zu leben. Wenn ich daran denke, spüre ich noch meine damalige Verzweiflung, denn seine letzte Zeit war tatsächlich furchtbar. Ich musste mit ansehen, wie er immer mehr verkam, kaum mehr etwas aß. Zum Schluss hat er ja sogar gedealt und ist sich dabei – so hat er sich mir gegenüber geäußert – entsetzlich schäbig vorgekommen. Er konnte den Gedanken nicht mehr verdrängen, dass er ein gänzlich willenloses Opfer seiner Sucht geworden war, und er ekelte sich vor sich selbst. Ich bin überzeugt, dass sein Tod kein Unfall, sondern Selbstmord war.«

Gretel und Urs starrten betroffen vor sich hin, und meine Gedanken gingen zurück zu unserer gemeinsamen Zeit im Internat, als wir noch kaum eine Ahnung von solchen Dingen hatten. Wir wurden zwar im Unterricht gewarnt, und es gab Aufklärungsstunden. Aber wir haben das nicht ernst genommen, sondern fühlten uns eher angeregt, das einmal auszuprobieren. Über Hasch kamen wir allerdings nicht hinaus. Die Schulleitung kontrollierte streng, zu Hause hatten sich keine weiteren Gelegenheiten geboten, und Phillip, der gerne den Clown spielte, riss Witze darüber.

Um das Schweigen zu brechen, fragte ich Urs, wie sein Leben weitergegangen sei. Er zögerte mit der Antwort und sah abwesend aus dem Fenster. Dann beschrieb er – in mir wahrnehmbar vorwurfsvollem Ton –, wie er sich langsam damit abgefunden habe, dass ich mich nicht mit ihm verloben wollte.

Wie er das sagte, stieg in mir wieder das seltsame Gefühl des Unverständnisses mir selbst gegenüber hoch, gemischt mit Bedauern und schmerzlicher Resignation. Doch da war nun nichts mehr zu ändern!

Urs antwortete: »Ich habe, nachdem ich so lange nichts von dir gehört hatte, auf einer Party Iris kennengelernt, sie sofort gemocht und mich ab und an mit ihr getroffen. Später, als ich Schwierigkeiten bei der Übernahme des väterlichen Unternehmens hatte, sind wir uns endgültig nahegekommen und haben dann geheiratet. Sie ist mir eine große Stütze in der schwierigen Zeit gewesen, in der ich einsehen musste, dass ich zum Manager dieser großen Firma nicht geeignet war. Ich hätte diesen Beruf auch nicht ergriffen, wenn ich mich nicht meinem Vater gegenüber verpflichtet gefühlt und die entsprechende Ausbildung gemacht hätte.

Als dieser überraschend starb, war ich gerade in Amerika; ich war einfach noch zu jung gewesen, um die Leitung der Firma zu übernehmen. Der engste Mitarbeiter meines Vaters, seine langjährige rechte Hand, wurde vom Aufsichtsrat als Firmenchef eingesetzt, und nachdem ich aus den USA zurückgekommen war, wurde mir die Leitung des Einkaufs übertragen, was mir überhaupt nicht lag. Mit der Zeit ist mir klar geworden, dass ich Feinde unter den im Unternehmen tonangebenden Leuten hatte. Ich habe wichtige Leute vor den Kopf gestoßen. Ich habe mich allerdings auch ungeschickt benommen und versäumt, mir in der Firma Freunde zu machen, die mich unterstützen. Naiverweise hatte ich gedacht, ich hätte das als Sohn des Firmenchefs nicht nötig. Es war schließlich eine Erlösung, als ich mich entschlossen habe, aus der Firma auszusteigen und mich auszahlen zu lassen. Dann habe ich Malerei studiert, aber schon während des Studiums gemerkt, dass ich in einer ganz anderen Situation bin als meine meist viel jüngeren Kommilitonen, die sich nicht auf ein Vermögen im Hintergrund stützen konnten.«

Ich erinnerte mich, wie stark sich Urs mit seiner Rolle als Erbe des Gründers identifiziert hatte. Das heißt, er hatte es immer als eine Verpflichtung seinem Vater gegenüber empfunden, das Unternehmen in die Zukunft zu führen. Als ich ihn fragte, wie es ihm heute damit ginge, überlegte er eine Weile, bevor er antwortete: »Ich leide heute noch unter Schuldgefühlen und immer wieder zweifle ich, ob es richtig war, dass ich bei der Übernahme des Erbes resigniert habe, obwohl mir damals eigentlich nichts anderes übrig blieb. Wenn ich heute darüber nachdenke, komme ich zu dem Schluss, dass es für das Unternehmen das Beste war. Doch dieses Gefühl von Schuld kommt trotzdem immer wieder.« Urs machte eine kurze Pause, ehe er fortfuhr: »Mit meinen Malerkollegen geht es mir ähnlich, auch ihnen gegenüber fühle ich mich nicht frei, obwohl ich einige Anerkennung genieße. Immer wieder habe ich das Gefühl, kein wirklicher Maler zu sein, kein echter Künstler, da ich nicht von den Erlösen meiner Bilder leben muss. Ich habe mir schon öfter überlegt, ob ich nicht eine Stiftung zugunsten notleidender Künstler gründen sollte.«

»Mir geht es als Flötistin manchmal ähnlich«, meldete sich nun Gretl zu Wort. »Kolleginnen und Kollegen meines Orchesters gegenüber habe ich immer wieder Schuldgefühle, weil ich eine bezahlte Stelle habe, obwohl ich ja auf das Geld gar nicht angewiesen bin.«

Wir sprachen noch länger über unsere unterschiedlichen Lebensgeschichten. Mir wurde dabei deutlich, dass Erben, deren Vermächtnis ausschließlich in Geld besteht, in einer anderen Situation sind als Erben eines Unternehmens. Letzteres ist ja immer auch mit der Frage verbunden, ob man zum Firmenchef geeignet ist und ob man genügend diplomatisches Geschick und Kontaktfähigkeit besitzt. Andernfalls kann man die Verantwortung für den Erfolg der Firma und die damit verbundene Erhaltung von Arbeitsplätzen nicht übernehmen. Tatsache aber ist, dass sich das häufig erst in der Praxis erweist. Daher ist es ungünstig, wenn ein Firmenerbe nicht genügend Zeit zur Verfügung hat, seine Führungsfähigkeit an kleineren Aufgaben zu erproben. Der frühzeitige Tod eines Firmengründers kann dann zum echten Problem werden.

Wer dagegen ein größeres, nur in Geld bestehendes Vermögen übernimmt, kann damit klug oder töricht umgehen. Die Folgen hat in der Regel nur derjenige selbst zu tragen, und womöglich war es genau das, woran Phillip letztendlich gescheitert ist: an der fehlenden Verantwortung gegenüber anderen.

DER ENTSCHLUSS

»Wie ist es dir denn nach dem Abitur ergangen«, fragte mich Urs und blickte mich dabei erwartungsvoll an. Ich überlegte kurz, wo ich anfangen sollte.

»Ein paar Jahre, nachdem ich das Internat verlassen hatte, lernte ich einen Mann kennen, der hochinteressante Vorträge über spirituelle und mythologische Themen hielt. Er hatte – und hat wohl noch heute – einen Kreis von Anhängern um sich, die zum Teil auch zusammen mit ihm in einem großen Haus in einem Vorort von Frankfurt wohnten, in dem es unter anderem einen Raum für seine Veranstaltungen gab.

Diese Vorträge haben mir viel gegeben, da er unter anderem über das Johannesevangelium in einer Weise sprach, dass ich etwas damit anfangen konnte. Was dieser Mann sagte, leuchtete mir unmittelbar ein, und ich glaubte, in ihm einen Menschen gefunden zu haben, bei dem ich Rat finden könnte. Ich hatte Freunde unter den jüngeren Anhängern, besuchte regelmäßig die verschiedenen Tagungen und wünschte mir bald, zum engeren Kreis zu gehören.

Eines Tages bat ich ihn um ein persönliches Gespräch. Er reagierte erfreut, hörte mir aufmerksam zu und bot mir zunächst an, mich auch in Anlagefragen zu beraten. Dies hatte ich nicht erwartet, und das war ja auch keine Antwort auf mein Problem, aber ich bekam den Eindruck, dass er von diesen Dingen tatsächlich etwas verstand, und willigte zunächst ein. Nach einiger Zeit kam mir allerdings der Verdacht, dass er es womöglich darauf abgesehen haben könnte, die volle Verfügungsgewalt über mein Erbe zu erhalten. Das machte mich erst einmal stutzig, und ich fing an, mich über ihn zu erkundigen. Dabei hörte ich, dass schon mehrere vermögende Frauen ihm große Summen vermacht hatten und dass er das Haus, in dem er mit einigen seiner Anhänger wohnte, ebenfalls einer Erbschaft verdanke. Das bestätigte meinen Verdacht. Ich zog mich von ihm und seinem Kreis zurück und war wieder allein und so orientierungslos wie vorher.

Schließlich fasste ich den Entschluss, mein Erbe in eine Stiftung zu verwandeln. Da war es ein glücklicher Zufall, dass ich auf einen Kurs aufmerksam wurde, den die Rockefeller-Stiftung anbot, um Menschen, die in irgendeiner Weise mit Stiftungen zu tun haben, auf diese Tätigkeit vorzubereiten. Ich bewarb mich und wurde angenommen.

Nun begann eine sehr gute Zeit. Die Lehreinheiten und Praktika, die wir Teilnehmer in verschieden Institutionen – zweimal in New York, einmal in Washington, D.C., einmal in Südafrika – durchliefen, waren hoch interessant und auf exzellentem Standard, ob im Weißen Haus, in der Weltbank oder in den Armenvierteln von New York. Außerdem lernte ich sowohl andere Erben großer Vermögen kennen als auch Menschen, die selbst nicht geerbt hatten, aber in einer gemeinnützigen Einrichtung arbeiten wollten. Die viel pragmatischere Einstellung der Amerikaner gegenüber Geld tat mir gut. Die auf der Website stehenden Slogans des ›Philanthropy Workshops‹ wie etwa: ›To become a Change Agent‹ oder gar den Anspruch, dass ein ›network of effective global philanthropists‹ zu einer ›»more just, sustainable and enriching world‹ führen könnte, fand ich zwar etwas dick aufgetragen. Aber ich stellte fest, dass viel nützliches Fachwissen vermittelt wurde und die Praktika ausgezeichnet organisiert und aufschlussreich waren.

In diesem Kurs freundete ich mich mit der aus Südindien stammenden Tänzerin Pushpa an, die völlig überraschend zu einem großen Vermögen gekommen war. Sie entstammte einer gut situierten Familie in Chennai, hatte die dortige Tanzschule Kalakshetra besucht und war zu einer berühmten Bharata-Natyam-Tänzerin geworden. Ein ihr kaum bekannter Großonkel aus Bangalore hatte mit einem IT-Unternehmen ein riesiges Vermögen gemacht. Er war kinderlos und hatte Pushpa, ohne ihr davon etwas zu sagen, als Haupterbin eingesetzt. Offenbar war er ein Bewunderer ihrer Kunst, was ihrer Vermutung nach damit zu tun hatte, dass sie schon mehrmals als Tänzerin, aber auch als Schauspielerin in Filmen aufgetreten war. Mich wunderte das nicht, denn sie war – wie es zu ihrem Namen, der »Blume« bedeutet, passte – von blumenhafter Schönheit.

Sie hatte eine gescheiterte Ehe mit einem Amerikaner hinter sich, mit dem sie eine Zeit lang in Amerika gelebt hatte. Dort wurde sie kränklich, was sie zuvor in ihrem Leben nie gewesen war, und langsam wurde ihr klar, dass sie mit diesem Mann nicht zusammenleben konnte. Schon körperlich wurde er ihr immer unerträglicher, und sie gerieten häufig in Streit. Schließlich sah John selbst ein, dass eine Trennung das Beste sei. Sie kehrte zur Tanzschule zurück, arbeitete wieder als Lehrerin und hatte immer häufiger öffentliche Auftritte, allein oder im Rahmen des Tanz-Ensembles. Sie war glücklich und fühlte sich am rechten Ort, als sie nach einigen Jahren die Nachricht über die Erbschaft erreichte.

Da sie auch von ihren Eltern ein Erbe erwartete und außerdem von dem Gehalt als Tanzlehrerin gut leben konnte, fühlte sie das zusätzliche Erbe als Belastung und war ratlos. Ihr Vater, ein erfolgreicher Geschäftsmann, hatte kein Verständnis für ihre Skrupel. Er riet ihr, das Geld gut anzulegen und als Altersversicherung zu betrachten. Aber damit konnte sie nichts anfangen: ›Im Leben kann ich nicht so viel verbrauchen, selbst wenn ich sehr alt und sehr krank würde! Ich möchte etwas Sinnvolles damit tun.‹ Genauso wie ich dachte sie an eine Stiftung und nahm deshalb an dem Kurs teil.

Am Ende des Kurses machte mir Pushpa den Vorschlag, mit ihr nach Indien zu reisen: ›Wir könnten uns Verschiedenes anschauen. Es gibt so herrliche Kunstschätze bei uns, die ich selbst noch lange nicht alle kenne. Außerdem könnten wir soziale Einrichtungen besuchen. Die gibt es bei uns viel zu wenig, denn unserer Reichen sind zwar teilweise unglaublich vermögend und ganz oben auf der Forbes-Liste, wie Mukesh Ambani, der an vorderster Stelle steht. Sein Haus bietet Platz für 160 Autos und einige Hubschrauber, und er verfügt über ein Heer von Dienstboten. Aber er hat nichts weiter im Kopf, als sein Vermögen zu vermehren. So sind sie fast alle, bis auf Azim Premji. Er hat die Azim Premji-Stiftung eingerichtet, durch die er die allgemeine Schulausbildung in Indien verbessern will. Ich habe auch gehört, dass in Dharavi, dem großen Slumgebiet von Mumbai, Sozialarbeit geleistet wird, die vorzeigbar ist. Wir könnten dann gemeinsam überlegen, ob es bereits eine Institution gibt, die seriös und sinnvoll arbeitet, sodass ich ihr das Geld zukommen lassen kann, oder ob ich besser eine eigene Stiftung einrichte.«

DAS FREMDE LAND

Urs und Gretel lehnten sich entspannt zurück, während ich mit meiner Erzählung fortfuhr: »Morgens um zwei Uhr landeten wir in Mumbai, und ich war erst einmal geschockt über dieses Gewimmel von Menschen, sobald wir das hochmoderne Flughafengebäude verlassen hatten. Auf der Straße war es feuchtwarm, trotz der ›winterlichen‹ Jahreszeit. Ich war froh, jemand Ortskundigen an meiner Seite zu haben, denn ein Heer von mehr oder minder vertrauenerweckenden älteren und jüngeren Männern bedrängte uns: ›Mamsab Taxi!‹, tönte es von allen Seiten. Doch Pushpa ließ sich nicht beeindrucken und winkte einen vorbestellten Taxidriver herbei.

›Sicher ist sicher!‹, meinte sie, nachdem wir Platz genommen hatten, ›ehe man jemand in die Hände fällt, der nicht lizensiert ist oder sich womöglich nicht auskennt. So gut geordnet ist das alles nicht bei uns.‹ Ich hatte ihr die Organisation der Reise vollkommen überlassen, und nun klärte sie mich darüber auf, wie sie sich den Aufenthalt in dieser viertgrößten Stadt der Welt vorstellte. ›Ich habe für uns‹, meinte sie lachend, ›in einem der traditionellen First-Class-Hotels, dem Taj Mahal, Zimmer gebucht, damit du siehst, wie die Reichen bei uns wohnen. Von hier aus möchte ich mit dir das Shiva-Heiligtum in der Höhle von Elephanta besuchen. Das ist einer unserer größten Kunstschätze. Später besuchen wir soziale Einrichtungen in den Slums.‹

Am ersten Abend fuhren wir in ein hoch oben gelegenes Restaurant, das einen weiten Blick über die Stadt und die Bucht bot. Die Lichter der Stadt gingen an, während wir unser Essen bestellten, und man sah den Marine Drive wie ein Band von Lichtperlen heraufschimmern.

›Sie nennen das *The Queens Necklace*, auch heute noch, so viele Jahre nach der Unabhängigkeit‹, bemerkte Pushpa nachdenklich. ›Sie sind schon erstaunlich tolerant, meine Landsleute! In Kolkata zum Beispiel haben sie im Park um das Victoria Memorial die Büsten der englischen Gouverneure, die während des Befreiungskampfes demoliert worden waren, einige Zeit danach wieder restauriert. Sonderbar finde ich auch, dass sie den früheren Dum Dum Airport von Kolkata in Subhas Chandra Bose International Airport umbenannt haben, obwohl der sich im Zweiten Weltkrieg mit den Nazis und den Japanern eingelassen hatte. Du kannst hier Menschen finden, die Hitler weiterhin als einen großen Mann ansehen, was natürlich damit zu tun hat, dass der von ihm entfesselte Krieg zum Erfolg der Indischen Unabhängigkeitsbewegung beitrug.‹

Auf unserm Weg zurück fuhr das Taxi durch ausgedehnte Slums mit Blechhütten. Viele Menschen schliefen auf der

Straße, und ich vermutete, dass Pushpa, die beim Einsteigen mit dem Fahrer ein paar Worte auf Hindi gewechselt hatte, mir genau das zeigen wollte. Wieder zurück im Hotel berührte mich der dort herrschende Pomp noch stärker.

›Heute besuchen wir einen meiner Lieblingsorte. Wenn wir dort sind, wirst du verstehen warum‹, sagte Pushpa am nächsten Morgen beim Frühstück. Wir starteten mit einem kleinen Dampfer vom direkt neben dem Hotel gelegenen Pier beim ›Gateway of India‹, der uns in einer Stunde zur Insel Elephanta brachte. Unterwegs erzählte mir Pushpa, dass die Höhlen, die unser Reiseziel waren, im 16. Jahrhundert von den Portugiesen als Schießanlage genutzt worden seien, was an den dort befindlichen Skulpturen großen Schaden anrichtete. Erst Ende des 19. Jahrhundert hätten die inzwischen über Indien herrschenden Engländer mit Restaurierungsarbeiten begonnen.

›Heute sind die Höhlen von Elephanta Weltkulturerbe‹, erzählte Pushpa mit leuchtenden Augen. ›Shiva ist der Gott, der, so erzählt es die indische Mythologie, durch den Ton, den er mit seiner Trommel und mit seinen auf den Boden klatschenden Füßen erzeugt, tanzend die Welt erschafft, aber mit dem Feuer, das er in einer seiner vier Hände hält, wieder zerstört, um sie abermals neu zu erschaffen. Die Haupthöhle ist der Mahesha Felstempel; darin befindet sich unter anderem eine Skulptur des tanzenden Shiva. Er ist das größte und schönste mir bekannte Shiva-Heiligtum Indiens. Als Kind bin ich einmal dort gewesen, aber das ist viele Jahre her, und nun bin ich sehr gespannt, es wiederzusehen.‹

Vom Dampfersteg der Insel stiegen wir die vielen Treppen zum Höhleneingang hinauf, und es war gut, dass es noch so früh am Tag gewesen ist. Wir begegneten den als aggressiv bekannten Affen, die uns aber weitgehend in Ruhe ließen. Es wurde immer heißer, sodass wir froh waren, schließlich den Höhleneingang zu erreichen. Wir traten am Nordrand der Höhle durch die unten viereckigen und ab der Hälfte runden, überaus mächtigen Säulen mit ihren schweren Kapitälen ein. Wie konnte so ein großer, ganz aus dem Felsen gehauener Bau kurz nach der Zeitenwende geplant und ausgeführt werden, fragte ich mich. Es war unvorstellbar. Wir trennten uns, damit wir – jede auf ihre Weise – diesen Ort auf uns wirken lassen konnten.

Pushpa hatte mir gesagt, dass die in der Höhle befindlichen Skulpturen die verschiedenen Aspekte Shivas darstellten, aber ich war mit der indischen Mythologie nicht so vertraut, dass mir jede etwas sagte. Beim Eintreten in die Haupthalle zog mich jedoch sofort ein riesiges Haupt mit prächtigem Kopfschmuck an, das ich anfangs für eine Buddha-Darstellung hielt. Erst im Näherkommen nahm ich wahr, dass es drei Gesichter hatte. Das nach rechts gewandte repräsentiert seinen männlichen und zerstörenden Aspekt. Das mittlere Antlitz zeigt Shiva jugendlich, und das linke stellt ihn weiblich erhaltend dar. Die Augen der drei Gesichter wirken geschlossen, wie träumend nach innen gerichtet. Dahinter scheint es ins Endlose, Ewige zu gehen. Vor diesem Antlitz ist man nichts. Man ist nicht erkannt, nicht als Mensch angesprochen, wie vor einem Christuskopf, sondern fühlt sich eingesogen. Bilder steigen auf, aber sie sind Traum. Es gibt Formen, doch sie sind eine dünne Schicht über etwas unergründlich Unsagbarem, am ehesten noch als Ton, als tiefes Summen oder Tönen vorstellbar: AUM.

Hier verweilte ich lange, ehe ich zu Pushpa hinüberging, die vor dem Nataraj stand. ›Obwohl die Skulptur so stark zerstört ist, ist sie mir die liebste Skulptur hier: Shiva als Gott des Tanzes‹, meinte sie. ›Das ist zwar nur einer unter vielen Aspekten, aber für mich ist dieser nun mal der wichtigste. Das versteht man ja auch bei einer Tänzerin‹, fuhr sie fort und lachte, aber ich spürte, wie ernst sie das meinte. Offenbar fand sie in dieser mythologischen Figur einen Zugang zu der Religion ihres Landes. Für mich war die stark beschädigte Skulptur, vor der wir standen, weit weniger eindrucksvoll als die des Trimurti.

Wir blieben noch lange Zeit in diesem einzigartigen Tempel, um uns auch die Nebenhöhlen anzuschauen. Ich machte mir Gedanken über das in einem gesonderten Schrein verehrte Phallus-Symbol des Lingam, das Sexualität in einen kosmischen Zusammenhang bringt. Wie groß war doch der Abstand zur christlichen Symbolik der jungfräulichen Geburt und des Kreuzestodes, mit der die Körperfeindlichkeit unserer Kultur in Zusammenhang zu sehen ist. Welch unterschiedliche Welten und Weltbilder waren das, die durch die Globalisierung durcheinandergemischt und verwässert, aber auch in Beziehung gesetzt werden, sodass womöglich Neues daraus entsteht.

Als wir uns wieder trafen, unterhielten wir uns über die erstaunliche Tatsache, dass dieser Tempel – wohl als Vergrößerung einer natürlichen, am Rand von horizontal gelagerten Gesteinsschichten gelegenen Höhle – unmittelbar aus dem Felsen gehauen worden war. Wie konnten es die Menschen mit den damaligen Mitteln überhaupt schaffen, dieses harte vulkanische Gestein zu bearbeiten und so tief in den Felsen einzudringen! Gleichzeitig haben sie aus dem Felsen all diese wunderbaren Skulpturen herausgehauen, zusammen mit den tragenden Säulen. Schon wie sie die Planung bewerkstelligten, ist nicht mehr nachzuvollziehen.

›Aber das ist ja mit den ägyptischen Pyramiden und der Sphinx ähnlich, nur handelt es sich dabei um frei stehende Bauwerke, keine in den Fels hineingehauene Höhlentempel‹, sagte ich.

Pushpa nickte: ›In Ellora, nicht sehr weit von hier, gibt es den Kailash-Tempel, ein wunderbares Beispiel dieser in Indien immer wieder vorkommenden *Architekturskulpturen*. Er wurde komplett aus der rückwärtigen Felswand von oben nach unten herausgehauen.‹

Abgesehen von der wohl auch für dieses Kunstwerk nicht zu beantwortenden Frage, wie es geplant und ausgeführt wurde, mussten in diesem Fall auch unvorstellbare Mengen von Material weggeschafft werden, und seltsamerweise ist der Kailash-Tempel in der Anlage südindischen Tempeln nachgebildet, die freistehende Bauwerke sind. Angesichts solcher Kunstschätze, die mit Recht zum Weltkulturerbe erklärt wurden, dachte Pushpa an die Geschichte ihres riesigen Landes, das im Lauf der Jahrhunderte immer wieder verschiedene Fremdherrschaften über sich ergehen lassen musste und das heute ein freies selbstbestimmtes Land ist. ›Ich frage mich nun‹, sagte sie, ›ob und wie mein Volk diesem Erbe gerecht werden kann?‹ Wahrscheinlich hingen ihre Gedanken damit zusammen, dass sie sich von ihrem eigenen, völlig unerwarteten Erbe wie erdrückt fühlte.

Auf der Rückfahrt merkte ich, dass ich dieses Land nun mit ganz anderen Augen sah, und war sehr neugierig und gespannt, was ich hier noch alles erleben würde.

Am nächsten Tag wollte Pushpa, wie von ihr angekündigt, einen Rundgang durch den Slum von Dharavi machen. Sie hatte dieses Viertel auch noch nicht gesehen und für uns eine geführte Tour gebucht, denn sie fand es bemerkenswert, dass die Touristenführer selbst aus dem Armenviertel stammten. Mit dem Erlös aus diesen Führungen wurden eine Schule, ein Kindergarten und ein Gemeinschaftszentrum betrieben. Sie sprach auch noch davon, dass Pläne bestünden, die Slumhütten von Dharavi abzureißen und teilweise durch soziale Wohnungsbauten zu ersetzen. Kritiker befürchteten jedoch, dass diese Pläne in erster Linie dazu dienten, die Slumbewohner ›loszuwerden‹ und die zentral gelegene Bodenfläche für wirtschaftliche Zwecke zu nutzen. Dharavi, das ursprünglich am Stadtrand von Mumbai lag, wurde nach und nach von der Stadt umwachsen, sodass es heute mittendrin liegt. In Dharavi werden jährlich ungefähr 700 Millionen Euro mit Handel, Handwerk und Dienstleistungen umgesetzt. Große Mengen Plastikmüll werden gereinigt, geschreddert und eingeschmolzen, häufig unter gesundheitsschädlichen Arbeitsbedingungen.

Unser Führer ging mit uns durch die engen Gassen des Slums, und erst einmal waren wir erstaunt, dass hier Tempel, Moscheen und Kirchen friedlich nebeneinander stehen und offenbar von allen toleriert werden. Andererseits wohnen die Menschen auf engstem Raum und unter primitivsten sanitären Verhältnissen. Unser Guide meinte, dass es für manche schon eine Verbesserung sei, seit einiger Zeit eine Toilette auf 100 Personen zu haben. Bei ihm zu Hause kämen inzwischen 50 Personen auf eine Toilette: ›That is real luxury‹, lachte er. ›And we try to improve the situation continuously.‹

Im Recycling-Areal, in dem alte Computer und Plastik von überallher weiterverarbeitet werden, entdeckten wir auch eine Bäckerei, die Papadams herstellt – das sind hauchdünne Fladen, die ein indisches Mal ergänzen. Dann sahen wir ein Gemeindezentrum, in dem man mit dem Computer umgehen sowie Englisch, Tanz und Yoga lernen kann, alles kostenlos.

Beeindruckt kehrten wir in unser Hotel zurück. Der krasse Gegensatz zwischen dem hier herrschenden Luxus und der Armut der Slumbewohner kam mir besonders zum Bewusstsein, und ich sagte zu Pushpa: ›Dein Heimatland ist wirklich ein Land voller Gegensätze! Offenbar gibt es sehr viele Arme und eine ganze Menge Reiche, und in der Mitte ist nichts oder zumindest sehr wenig.‹ ›Ja, das stimmt‹, erwiderte sie. ›Nur ein kleiner Teil der Reichen ist sozial gesinnt. Ich weiß lediglich von Premji, der allerdings alle seine reichen Kollegen mit seinem sozialen Engagement in den Schatten stellt. Er ist Moslem, und ich frage mich, ob es vielleicht seine Religion ist, die ihn dazu motiviert. Immerhin steht im Koran, neben vielem andern, die Aufforderung, den Zakat zu entrichten, das heißt für Arme zu spenden.

Ich schäme mich irgendwie für die Verhältnisse, die in meinem Volk herrschen, und mein Onkel in Bangalore, von dem ich das Geld geerbt habe, ist für mich ein erschreckendes Beispiel für den Egoismus der Reichen. Das ist auch der Grund, warum ich ihn nie besucht habe, obwohl er mich oft eingeladen hat‹, erklärte sie. ›Auf seinem Grundstück soll Platz für über hundert Autos, mehrere Helikopter-Landeplätze, einen privaten Tempel und ein privates Kino sein. Aber ich will das gar nicht sehen und auch sonst nichts mit ihm zu tun haben. Deshalb habe ich mir auch lange überlegt, ob ich das Erbe ausschlagen soll. In diesem Fall jedoch fiele es an den Staat, und wer weiß, wie es dann verwendet würde. Womöglich reißt es sich irgendjemand unter den Nagel, der eh schon mehr als genug hat. Dann will ich mich doch lieber selbst drum kümmern.‹

Als nächste Station unserer Reise hatte Pushpa einen Aufenthalt in ihrer Heimatstadt Chennai geplant, und so landeten wir am nächsten Tag auf dem International Airport in Chennai. Sie erklärte mir, dass es in ihrer Jugend noch ein kleiner provinzieller Flughafen gewesen sei. Erst in den vergangenen Jahrzehnten hätte er sich zu einem Internationalen Umschlagplatz entwickelt. Auch Chennai, das damals noch Madras hieß, sei eine ziemlich verschlafene Provinzstadt mit besonderem Charme gewesen, ganz anders als die zum Teil industrialisierten Städte im Norden.

Was ich hier in der Tanzschule Kalakshetra an Aufführungen sehen durfte, begeisterte mich, und auch zur südindischen Musik fand ich rasch Zugang. Bei einer der aus einer Bharataatyam und rein musikalischen Darbietung bestehenden Vorstellungen konnte ich Pushpa als Solotänzerin bewundern und lernte diesen Tanz als ein kulturelles Erbe Indiens schätzen. Der gute Geschmack, der sowohl aus der Art der Weiterentwicklung dieses Tanzes als auch aus den Kostümen sprach, geht – so wurde mir gesagt – auf die Gründerin Rukmini Devi zurück und ist in Indien tatsächlich kein Gemeingut. Davon konnte ich mich überzeugen, als mich Pushpa später zum Spaß in einen der vor Kitsch triefenden Bollywood-Filme mitnahm.

Nach einigen Tagen verabschiedete ich mich mit Bedauern von meiner Freundin. Ich beneidete sie um ihren Beruf und um den kulturellen Zusammenhang, in dem eingebunden sie lebte. Immerhin konnte ich hoffen, sie im nächsten Teil des Rockefeller-Kurses wieder zu treffen.«

MORTAZA

»Unter den Teilnehmern des Kurses, denen ich näherkam, war ein junger Amerikaner mit afghanischen Wurzeln. Er hatte selbst kein Vermögen, stammte aber aus einer alten Kabuler Familie, die sehr reich gewesen war und in enger Beziehung zum ehemaligen Königshaus gestanden hatte. Mit ihm verstand ich mich ausgesprochen gut. Er hatte einen orientalischen Charme, und ich begann, ihn mir als den Geschäftsführer meiner Stiftung vorzustellen. Das hatte unter anderem damit zu tun, dass er selbst großes Interesse daran zeigte. So wurde meine Beziehung zu Mortaza immer enger, und ich nahm ihn zwischen zwei Workshops mit nach Frankfurt. Dabei wurde mir klar, dass er – aufgrund seiner Persönlichkeit und seines kulturellen Hintergrunds – als Geschäftsführer einer deutschen Stiftung nicht infrage kam.

Zunehmend hatte ich auch den Eindruck, dass er gegenüber den Verlockungen des Geldes in keiner Weise immun und sein Teil an unserer Beziehung weitgehend davon bestimmt gewesen war. Dies war für mich nicht leicht zu verkraften, und ebenso schwer fiel es mir, ihm das klarzumachen. Sobald er aber merkte, dass ich es damit ernst meinte, wandte er sich abrupt von mir ab und sprach kaum mehr ein Wort mit mir, was mir mehr zu schaffen machte, als ich gedacht hatte. Gleichzeitig zog ich die Konsequenz und stellte mich darauf ein, selbst Geschäftsführerin meiner Stiftung zu werden und mein Leben ganz dieser Tätigkeit zu widmen. Die zwei noch ausstehenden Workshops im Armenviertel von New York und Johannesburg brachten mir neue Einsichten und trugen dazu bei, dass ich mich für die neuen Aufgaben gut vorbereitet fühlte; zu gegebener Zeit habe ich die Stiftung dann gegründet. Davon habt ihr wohl erfahren«, sagte ich, zu Urs gewandt.

»Ja, aus der Zeitung!«, antwortete Urs scharf.

»Wenn ich jetzt zurückschaue, verstehe ich mich selbst nicht mehr. Ich kann gut nachvollziehen, dass du mir das übelnimmst. Aber es ist einfach so gewesen: Ich musste das allein durchziehen. Auch wenn ich selbst nicht genau weiß warum, so glaube ich doch, dass ich sonst mit diesem Erbe nicht fertig geworden wäre.«

»Ich versteh das!«, sagte da Gretel. »Mir ginge es an deiner Stelle genauso. Es ist ja doch ein Unterschied, wie das Geld, das man erbt, verdient wurde.«

Ich stimmte ihr zu, meinte dann aber: »Es hatte wohl auch mit der gescheiterten Ehe meiner Eltern und der Freundin meines Vaters zu tun. Ich erinnere mich deutlich, dass ich das Gefühl gehabt habe, etwas wiedergutmachen zu müssen. Das ist zwar seltsam, aber es ist so. Denn dass mein Vater sich mit Mutter nicht mehr verstand und dann eine Freundin hatte, das ging mich ja nichts an; es leuchtete mir sogar ein, so wie Mutter nun einmal war. Und gegen seine Freundin hatte ich gar nichts. Im Gegenteil: Sie imponierte mir, denn es muss ein harter Job sein als Frau an der Börse.«

Ich blickte zu Urs und sagte: »Für mich ist die Leitung dieser Stiftung sehr befriedigend. Man kann sehr viel lernen und viele interessante Menschen kennenlernen. Wenn du möchtest, kann ich dir gern etwas über die Projekte der letzten Zeit erzählen. Aber erst möchte ich von deiner Schwester hören, was sie inzwischen erlebt hat und wie sie heute lebt.«

GRETEL ERZÄHLT

»Mein Leben ist in der letzten Zeit endlich in ruhigeren Bahnen verlaufen«, sagte sie. »Ich habe einen festen Platz in einem renommierten Orchester und außerdem eine feste Beziehung. Aber das hat lange gedauert. Nach meiner Ausbildung, die ich mit Auszeichnung abgeschlossen hatte, musste ich erst mal erfahren, wie schwierig es ist, sich beruflich durchzusetzen, wenn man ein größeres Vermögen geerbt hat und eigentlich gar kein Geld verdienen müsste. Ich hatte einfach nicht die Ellenbogen, die ich gebraucht hätte, um andere beiseitezuschieben, die auch die jeweilige Stelle wollten. Es gibt ja wahrlich genügend gute Musiker, und so hervorragend bin ich auch wieder nicht, als dass ich rein wegen meines Könnens genommen würde. Außerdem mag ich auch anderen, die dringend darauf angewiesen sind, nicht den sicheren Verdienst wegnehmen.

Nachdem ich das Abitur geschafft hatte, wollte ich gleich im Anschluss Musik studieren; doch mein Vater verlangte erst einmal, dass ich einen Handelskurs mache, da ich später ein größeres Erbe antreten würde. Ich sah ein, dass ich wenigstens ein minimales Verständnis von Bilanzen und Ähnlichem haben sollte. Gleichzeitig nahm ich Stunden bei einer sehr guten Lehrerin, die mir auch klar machte, wie viel ich zu üben hätte, um die Aufnahmeprüfung an einem Konservatorium oder einer Musikhochschule zu bestehen. Nach einem Jahr war ich so weit: Ich legte erfolgreich die Prüfung an der Musikhochschule München ab und war erst einmal glücklich.

Ich wählte das Konzertfach, habe mich dabei aber wohl überschätzt. Meine Lehrer meinten, dass ich mich besser darauf einstellen sollte, in einem Orchester unterzukommen. Zuerst war ich enttäuscht, sah es dann aber ein und genoss die Studienzeit weiter.

Gegen Ende freundete ich mich mit einem der vielen Japaner an, die damals schon in die deutschen Musikhochschulen drängten. Akio war auch Flötist und mir rein technisch weit überlegen. Allerdings hatte ich gewisse Vorbehalte – und ich habe sie immer noch –, ob mit der hervorragenden Technik, die diese Musikstudenten aus Asien häufig haben, auch ein wirkliches Verständnis verbunden ist. Rätselhaft ist allerdings die große Begeisterung, die unsere Musik bei so vielen Japanern, Koreanern und Chinesen auslöst, während wir dagegen mit der asiatischen Musik im Allgemeinen nur wenig anfangen können. Sie selbst allerdings häufig auch nicht.

Die Freundschaft mit Akio wurde immer enger, und eines Tages lud er mich ein, die Semesterferien, die in die Zeit der

Kirschblüte fielen, mit ihm in Japan zu verbringen. Er wollte diesen Besuch damit verbinden, dass ich seine Eltern kennenlernen sollte. Ich sagte zu und freute mich sehr auf die Reise. Als wir dann nebeneinander im Flugzeug saßen und auf die unendliche Schneewüste Sibiriens hinunterschauten, wurde mir bewusst, wie weit ich mich aus meinem gewohnten Lebensraum entfernte. Denn wie stark der westliche Einfluss auch sein mochte – jedenfalls in den Kreisen, die ich kennenlernte: Bei längerer Bekanntschaft spürt man doch den großen kulturellen Unterschied. Das sollte mir in den kommenden Wochen immer klarer werden.

In Akios Elternhaus wurde ich überaus freundlich empfangen. Vor allem der Vater zeigte mir sein Wohlwollen von der ersten Minute an. Ich konnte aber nur schwer mit ihm kommunizieren, da er kaum Englisch sprach. Die Familie lebte in der Nähe von Tokyo in einem kleinen Haus mit Garten, und ich bekam bald den Eindruck, dass es mit den Finanzen nicht zum Besten stand. Dem Vater hatte eine Import-Export-Firma gehört, Als er sich wegen schlechter Gesundheit zur Ruhe setzen musste, konnte er sie nur zu ungünstigen Bedingungen verkaufen, wie mir Akio erklärte. Sein Auslandsstudium war trotz seines Stipendiums auch nicht gerade billig.

Bei unseren Ausflügen in die Stadt Tokyo fiel mir der krasse Gegensatz auf: einerseits diese riesige, hypermoderne Großstadt mit ihren unzähligen, mehrstöckigen, stählernen Hochstraßen mitten zwischen den Häusern hindurch und den wenigen Überresten des alten Tokyo. Es gibt nur noch sehr wenige Häuser im alten Stil, dazu einige Tempel und Schreine. Von Akio erfuhr ich, dass Tokyo im Zweiten Weltkrieg durch Luftangriffe dem Erdboden gleichgemacht worden war. Dabei kamen offenbar mehr Menschen ums Leben als bei den Angriffen auf Hiroshima und Nagasaki. Aus diesem Grund stammen die Wolkenkratzer, die dort heute stehen, alle aus der Nachkriegszeit. Auch die 1958 erbaute Nachbildung des Eiffelturms, der Tokyo Tower, der als Fernsehturm dient. Akio nahm mich mit auf die zweite Aussichtsplattform in 250 Metern Höhe, von der aus man einen beeindruckenden Blick auf die nächtliche Mega-City hat. Er erklärte mir auch, wie die Wolkenkratzer unter anderem durch ein Wasserbecken in den obersten Stockwerken gegen Einsturz bei Erdbeben gesichert werden: Die Erdschwankungen werden durch das sehr viel langsamer mitschwankende Wasser gedämpft.

Akio zeigte mir auch den Asakusa-Kannon-Schrein. Nach der Hektik und den grellen Reklamen dieser Mega-City hoffte ich, dass es dort ruhiger werden würde. Doch das Getümmel war an diesem Ort fast noch schlimmer; sowohl im Schrein selbst als auch in der zu ihm hinführenden Ladenstraße drängten sich so viele Menschen, dass wir nur langsam vorwärts kamen.

Eine Kannon ist ein Boddhisatva, also eine dem Buddhismus entstammende, das Mitgefühl verkörpernde Wesenheit, an die sich Gläubige mit Bitten wenden können, obwohl traditionell die Gottheiten des Shintō für die Erfüllung materieller Wünsche zuständig sind. Es hat mich immer wieder beeindruckt, wie problemlos Shintoismus und Buddhismus in Japan ineinanderfließen. Auch in Akios Familie wurde mir deutlich, wie auf beide Richtungen zwanglos Bezug genommen wird. Die im Christentum bestehenden, schwer vereinbaren Gegensätze werden damit auf pragmatische Weise überbrückt. Auch hatte ich den Eindruck, dass Dogmen, die mich daran hindern, das von der Kirche vertretene Christentum als meine Religion anzusehen, hier nicht wichtig sind.

Akio spürte, dass mich vor allem die japanische Kunst sehr interessierte, und tatsächlich war ich tief beeindruckt von dem ästhetischen Niveau und der handwerklichen Perfektion, die man immer wieder antrifft.

Hier, wie überall sonst, blühten Büsche und Bäume; Rhododendren, Azaleen, Kamelien, Zierkirschen und andere, die ich nicht kannte. An manchen Stellen war die Erde wie zugeschneit von Kirschblütenblättern, und bei jedem Windhauch wirbelten neue Blütenflocken durch die Luft. Es kam wohl nicht von ungefähr, dass Akio mich zu dieser zu Romanzen verführenden Zeit in sein Heimatland eingeladen hatte. Ich gebe auch gerne zu, dass ich ihn lieb gewonnen hatte und auch zu schätzen wusste, wie unaufdringlich er sich mir gegenüber verhielt und dass er selbstverständlich immer zwei Einzelzimmer für uns buchte. So lag über unserer gemeinsamen Zeit stets eine seltsame Ungewissheit.

Im Tempelbezirk von Kōtoku-in wartete eine Erfahrung auf mich, wegen der allein sich die Reise schon gelohnt hatte: der Große Buddha Daibutsu. Wir kamen eine halbe Stunde, bevor der Bezirk geschlossen wurde, und waren fast

allein. Der Eindruck der riesigen Figur im goldenen Abendlicht überwältigte mich: Die Wirkung dieser Darstellung gött-
licher Präsenz übertraf alles, was ich je in christlichen Gottes-
häusern erlebt hatte. Die unergründliche Ruhe, die von dieser
Gestalt ausgeht, wurde mir zur Wirklichkeit in diesen Augen-
blicken. Es fiel mir schwer, mich wieder loszureißen, was bald
notwendig war, weil der Bezirk geschlossen wurde. Gleichzeitig spürte ich, dass Akio nicht nachvollziehen konnte, was
in mir vorging. Er sah mich fragend an.

Auf der Heimfahrt im Bus unterhielten wir uns über das
beeindruckende Ausmaß an handwerklichem Können und
künstlerischer Darstellungskraft der Menschen, die diese
Statue im 13. Jahrhundert unserer Zeitrechnung geschaffen
hatten, und waren darüber völlig einer Meinung. Aber Akio
hatte die große Buddhastatue schon viele Male gesehen, und
sie bedeutete ihm offenbar nichts Besonderes. Ich aber
überlegte ernsthaft, ob ich nicht zum Buddhismus übertreten
sollte, so sehr hatte mich diese Darstellung dieser in sich versunkenen Gestalt beeindruckt.

Plötzlich verspürte ich den Wunsch, mich jedes Jahr für
einige Wochen in einem nahe gelegenen Hotel einzumieten,
um den Tempelbezirk täglich für mehrere Stunden besuchen zu können. Ich empfand die Statue wie eine Art Fenster
ins Jenseits, was immer man sich darunter vorstellen mag.
Niemals hatte ich ein Kunstwerk gesehen, das das Darge-
stellte so unmittelbar in die Gegenwart zieht und sie damit
um eine neue Dimension erweitert. Ich dachte auch über die
mir bekannten Darstellungen des Gekreuzigten nach und

über die verschiedenen Welten, aus der der in sich versunken Sitzende und der am Kreuz Hängende stammen.

Nach meiner Heimkunft erfuhr ich, dass sich an der Stelle der heutigen Figur im Kōtoku-in ursprünglich eine aus Holz geschnitzte Buddha-Figur in einem hölzernen Schrein befunden hatte und dass sich die ersten Pläne zur Errichtung einer bronzenen Buddha-Statue bis ins Jahr 1236 zurückverfolgen lassen. Im Jahr 1252 begann man mit der Errichtung einer durch Spenden bezahlten Bronzeskulptur. Ursprünglich war die heutige Figur mit Blattgold belegt und befand sich im Inneren eines hölzernen Tempelgebäudes. Es stürzte jedoch 1369 ein und wurde 1498 von einem Tsunami bis auf die Grundmauern fortgerissen. Danach verzichtete man auf einen Wiederaufbau, und die Statue steht seither im Freien. Wie mag das ausgesehene haben, als diese riesige Gestalt in unerschütterlicher Ruhe dasaß und den Wassermassen widerstand, während ihr Haus weggespült wurde?«

REISE NACH NIKKŌ

Ich hörte Gretel schweigend zu. Ihre Erlebnisse in Japan beeindruckten mich tief, und auch Urs schien eine neue Seite an seiner Schwester zu entdecken. Nach einer kurzen Pause fuhr Gretel fort: »Nachdem mich Akio mit Tokyo und seiner Umgebung bekannt gemacht hatte, schlug er eine Tagesreise in das nördlich gelegene Nikkō vor. In diesem beliebten Ausflugsort befinden sich interessante historische Gebäude, wie das Mitte des 17. Jahrhunderts erbaute Mausoleum des Shogun Tokugawa Ieyasu. Dort findet man auch an dem eher unscheinbaren Stall der heiligen Pferde als Fassadenschnitzerei das Wahrzeichen Nikkōs, die drei Affen, von denen sich einer die Augen, der andere die Ohren und der dritte den Mund zuhält, was nichts Böses sehen, hören und sagen bedeutet.

Die verschiedenen, mit reichen Schnitzereien verzierten und bunt bemalten Gebäude erschienen mir als Beispiel für eine Art japanischen Barock. Mir persönlich sagte dieser Stil in seiner überbordenden Verspieltheit weniger zu als etwa der von Nara, das wir später besuchten. Aber da es sich offenbar um ein japanisches Nationalheiligtum handelt, behielt ich diese Meinung für mich. Akio war voller Bewunderung für die künstlerische Qualität dieser Schnitzereien, und er hatte damit auch vollkommen recht.

Zugfahrten sind in Japan besonders eindrucksvoll. Das liegt zum einen an der erstaunlichen Pünktlichkeit der Züge und zum anderen an der Disziplin der Reisenden. Sie reihen sich an der genau bezeichneten Einstiegsstelle in die Schlange der Wartenden ein, und man kann sicher sein, dass die Tür zum Abteil sich an genau diesem Ort öffnet. Dann steigen die Passanten ein, ohne zu drängeln, sobald der Strom der Aussteigenden aufgehört hat. Auffällig sind die vielen Geschäftsreisenden, überaus korrekt im grauen Anzug, mit Aktentasche und Mundschutz. Ein großer Teil der Männer in den besten Jahren scheint in dieser Uniform unterwegs zu sein, wie ja das Uniformieren überhaupt eine japanische Leidenschaft zu sein scheint: Die meist weiblichen Putzkolonnen, die startbereit auf den Bahnsteigen warten, tragen fast durchweg Uniformen in Altrosa. Schülergruppen sieht man häufig in Dunkelblau.

Kurz vor der Heimfahrt habe ich noch zwei landestypische Erfahrungen gemacht: Beim Besuch der öffentlichen Toilette traf ich zu meiner Belustigung auch den in fast allen japanischen Hotels und Privathäusern üblichen beheizten Toilettenring an; und kurz darauf hatte ich das erste und einzige Mal den Eindruck, ein leichtes Erdbeben zu spüren. Ich hatte seit unserer Ankunft immer darauf gewartet – und es ehrlich gesagt, auch gefürchtet. Aber niemand außer mir schien es wahrgenommen zu haben, und Akio lachte nur, als ich ihm davon erzählte.

Bei der Zugfahrt konnte ich auch die landestypische Verbeugungskultur beobachten: Wir saßen so, dass ich einer Verkäuferin zuschauen konnte. Sie trug eine ähnliche Uniform wie die Putzfrauen und bot den Reisenden Erfrischungen an. Nachdem sie das Abteil verlassen hatte und sich bereits im Durchgang zum nächsten befand, wendete sie sich noch einmal um und verneigte sich in Richtung des Abteils, durch das sie gerade gekommen war. Nur die Fahrgäste, die, ähnlich wie wir, ganz am Ende saßen, konnten sie dabei sehen. Dann schob sie ihren Wagen einige Schritte weiter und verneigte sich wieder, ehe sie das nächste Abteil betrat.

Weitere Beispiele dieser Verbeugungskultur kann man etwa vor dem Aufzug eines Hotels erleben, wo meist ein Bediensteter steht und sich verneigt, sobald die Aufzugstür aufgeht, und ein weiteres Mal, wenn die Gäste eingestiegen sind. Nicht verstanden habe ich allerdings die Regeln, in welchem Winkel man sich bei welcher Gelegenheit zu verneigen hat. Akio meinte, ich solle mir darüber keine Gedanken machen, von Westlern würde das nicht erwartet. Es genüge, wenn ich einfach nickte, und mich dabei etwas nach vorne neigte. Ich machte mir jedoch Gedanken, ob diese gegenseitige Achtungsbezeugung nicht einen guten Einfluss auf den Umgang der Menschen untereinander hat, bin mir aber in Anbetracht der bekannten kriegerischen Grausamkeit der Japaner nicht sicher. Vielfach haftet diesen traditionellen Umgangsformen auch etwas Starres an.«

REISE NACH KYOTO

»Dass wir nach Kyoto in den Süden reisen würden, hatten wir schon in Deutschland ausgemacht. Deshalb buchte Akio nun ein Hotel in Kyoto und meinte, dass wir von dort aus Nara und eventuell auch Hiroshima besuchen könnten.

Von Tokyo aus fuhren wir zum ersten Mal mit dem berühmten japanischen Hochgeschwindigkeitszug Shinkansen, dem sogenannten ›bullet-train‹. Allerdings kam es mir so vor, dass er kaum schneller als ein Intercity ist; außerdem bot er kaum Platz für Gepäck. Uns machte das für diesen nur auf einige Tage geplanten Ausflug nichts aus, aber ich fragte mich, wie das Reisende mit größerem Gepäck bewerkstelligten. Der Zug scheint hauptsächlich für Geschäftsreisende gedacht zu sein, und so sah man auch hauptsächlich in vorschriftsmäßigem Grau gekleidete Herren mit Aktenmappe und Mundschutz.

Ich hatte von einem sehenswerten Zen-Garten in Kyoto gehört, und so fragte ich an der Rezeption des Hotels danach, stieß aber bei dem Portier zuerst einmal auf Ratlosigkeit.

Plötzlich aber fragte eine Dame: »Do you want to see the lock-garden?« Damit konnte ich erst einmal nichts anfangen, bis mir plötzlich klar wurde, dass sie ›r‹ nicht aussprechen konnte und ›rock-garden‹ meinte.

Dieser Meditationsgarten befindet sich auf dem Gelände des um 1450 gegründeten Zen-Tempels Ryōan-ji, auf Deutsch etwa ›Tempel des zur Ruhe gekommenen Drachens‹. Das parkartige Gelände war wie beschneit mit Kirschblütenblättern, und blühende Bäume umstanden auch den Meditations-Garten. Er besteht aus einer Fläche mit fein gerechtem Kies mit 15 scheinbar zufällig platzierten, bemoosten Steinen in fünf Gruppen, die aus keinem Blickwinkel alle zusammen sichtbar sind. Die südliche und westliche Seite des Gartens ist von einer gelblichen Mauer gesäumt, über die der Blick auf die Bäume und Sträucher des begehbaren Parks fällt. Darunter sind einige hell- und dunkelrosa blühende Zierkirschen. Auf der nördlichen Seite befindet sich das Tempelgebäude mit der wohl zur Meditation bestimmten Sitzterrasse, von der aus man den Steingarten überschaut. Dieser Raum ist mit seinem matten-belegten Boden und gekonnten Landschaftszeichnungen an den Wänden von klassischer Schönheit.

Liebenswert sind die unzähligen Rehe, die das die Tempel und Schreine umgebenden Gelände bevölkern, aber auch in der Stadt anzutreffen sind. Sie sind außergewöhnlich zutraulich, mischen sich unter die Menschen und lassen sich mit Reisgebäck füttern, das extra für sie gebacken wird.

Am Ende unseres Aufenthalts wurde mir jedoch bewusst, warum Akios Eltern mich so freundlich behandelten: Sie wünschten Akio eine reiche Frau, damit er einmal für sie sorgen könne, wenn sie alt wären. Das trauten sie ihm als Musiker nicht ohne Weiteres zu. Sie waren zwar stolz auf ihn und seinen Beruf und hatten einiges geopfert, um ihren Sohn im Ausland studieren zu lassen. Doch aus der ein oder anderen Bemerkung des Vaters entnahm ich, dass er finanzielle Probleme vor sich sah.

Das alles ernüchterte mich mehr und mehr, und als wir zusammen nach Deutschland zurückflogen und wieder die Eiswüste Sibiriens unter uns lag, wurde ich mir wehmütig bewusst, dass ich die Beziehung zu Akio demnächst abbrechen würde. Als ich es dann tat, zeigte sich, dass er schon damit gerechnet hatte und es für ihn kein Problem darstellte. Wir sind aber weiterhin befreundet«, schloss Gretel ihren Bericht, und es war zu spüren, dass ihr daran lag, dies klarzustellen.

»Es muss ein faszinierendes Land sein«, bemerkte ich. »Wenn man dich erzählen hört, bekommt man den Eindruck, dass es dir in dieser Zeit sehr ans Herz gewachsen ist und dass auch die Trennung von Akio nicht leicht für dich war.«

»Das stimmt. Und ich bin froh, dass ich das seit Langem hinter mir habe. Heute kann ich klar sehen, dass es richtig war. Auf die Dauer wäre es sicher nicht gut gegangen mit uns beiden.«

Urs hatte aufmerksam zugehört. »Die Frage ist, was die größere Rolle dabei spielte, das finanzielle oder das kulturelle Erbe. Ich finde, das ist ein wesentlicher Unterschied: Von dem finanziellen Erbe kannst du dich trennen, falls du das willst, selbst wenn es hohe Hürden formaler oder persönlicher Art geben mag. Doch mit dem kulturellen Zusammenhang, in den man hineingeboren ist, ist es wie mit dem familiären: Man kann sich nicht von ihm lossagen, selbst wenn man sich noch so sehr bemüht und sich einbildet, es ginge. Unbewusst bleibt er bestehen.«

»Das mag sein«, erwiderte Gretel, »obwohl ich auch Beispiele kenne, in denen das offenbar nicht stimmt. Trotzdem leuchtet mir ein, was du sagst; und wenn ich an meine heutige Beziehung zu Florian denke, ist mir vollkommen klar, dass es mit Akio nichts werden konnte. Denn wenn man derselben Kultur angehört, fallen doch viele Möglichkeiten weg, einander falsch oder gar nicht zu verstehen.«

URS ÜBER SCHULDGEFÜHLE

Da wir über Schuldgefühle und Schuldigsein gesprochen hatten, war es kein Wunder, dass Urs sich ebenfalls zu Wort meldete: »Ich habe euch ja schon einmal angedeutet, dass ich Schuldgefühle aus dem entgegengesetzten Grund habe, nämlich weil ich das Erbe nicht angenommen, das heißt: das Unternehmen meines Vaters nicht übernommen und damit seine Erwartungen nicht erfüllt habe. Obwohl ich es lange Zeit versucht habe, musste ich doch schließlich erkennen, dass ich kein Unternehmer bin und nicht dafür geeignet, eine Firma mit vielen Angestellten zu leiten. Aber trotz dieser erwiesenermaßen richtigen Erkenntnis holt es mich immer wieder ein. Es liegt auf mir, drückt mich nieder und hindert mich am Malen. Neulich habe ich versucht, diese Stimmung mit Farben zu beschreiben, und vielleicht ist es mir sogar gelungen. Aber gebracht hat es mir nichts. Die Gedanken und die Schuldgefühle kommen immer wieder. Ich bin auch überzeugt, dass mein Vater, wenn er noch lebte, sich dieser Einsicht nicht verschlossen hätte. Bestimmt hätte er einen geeigneten Geschäftsführer außerhalb der Familie gesucht. Aber wer weiß, wie demütigend das dann für mich gewesen wäre?« Urs seufzte, und weder Gretel noch ich selbst wussten, was wir darauf erwidern sollten. Es war spät geworden, und wir alle waren von diesem Tag mitgenommen. Ich spürte, dass die beiden sich verabschieden wollten, und wandte mich noch einmal an Urs: »Was wäre wohl gewesen, wenn ich damals eingewilligt hätte, deine Frau zu werden?«

Urs sah mich erstaunt und fragend an, und die alte Verletzung schwang in seiner Stimme mit, als er antwortete: »Ja, was wohl?«

»Als du mich mal nach Solothurn eingeladen hattest, wurde mir klar, dass ich mich nicht in der Rolle vorstellen konnte, die Frau eines Fabrikdirektors zu sein. Aber nun bist du Maler geworden!«

»Solothurn ist schon ein enges Nest«, meinte Gretel. »Ich bin froh, dass ich dort raus bin. Aber jetzt könntet ihr ja leben, wo ihr wolltet!«

»Könnten!«, gab Urs zurück, und er klang immer noch verletzt.

Wir schwiegen längere Zeit und hingen unseren Gedanken nach. Durch meinen Kopf zogen Bilder vom Skifahren, damals, als ich nach der Scheidung meiner Eltern nach Zuoz kam: Urs und ich im Schlepplift, dicht nebeneinander. Die herrliche Bergwelt ringsum, Sonnenuntergang, rosa, hellblau, ein zartes Orange. Ich lehnte mich kaum merklich an ihn an. Er schaute geradeaus, erwiderte den sanften Druck. Dann die Abfahrt. Ich konnte nicht mithalten mit seinem rasanten Stil.

Unten lachten wir uns an, erhitzt, mit roten Gesichtern. Dann abschnallen und den kurzen Weg zurück in die Schule gemeinsam. Die andern sind schon zu Haus.

Bis dahin waren mir junge Männer egal! Bei ihm war das anders, ganz plötzlich.

Ich sah zu Urs hin, unsere Blicke trafen sich. »Wie damals!« schoss es mir durch den Sinn. »Aber vorbei ist vorbei – Er lebt mit Iris, hat Kinder und ganz andere Sorgen.«

Urs nickte kaum merklich, als hätte er meine Gedanken gelesen. Mir kam an dieser Stelle die Erfahrung in den Sinn, die mir neulich ein guter Bekannter namens Heinrich geschildert hatte, und ich erzählte sie den beiden.

Ihm war ein beträchtliches Erbe zugefallen, und er wollte damit eine Stiftung gründen. Das von ihm geerbte Geld stammt aus der Rüstungsindustrie, und er und seine Geschwister wurden deswegen vor mehreren Jahren übel gemobbt: Der Initiator eines Vereins, der sich die Aufdeckung von seiner Meinung nach politisch nicht korrekten Tatbeständen zur Aufgabe gemacht hat, war auf ihn und seine Geschwister verfallen. Er ließ Plakate drucken, auf denen eine große Summe als Belohnung für denjenigen ausgesetzt wurde, dem es gelänge, einen von ihnen ins Gefängnis zu bringen, gleichgültig für welches Delikt. Als Begründung führte er seine Vermutung an, dass sie vom Geschäft mit schweren Kriegswaffen lebten. Sein Recht auf diese »Aktion« sah er als vom Paragraf 5 des Grundgesetzes gedeckt an, der die Freiheit der Kunst garantiert, deshalb hat er diese üble Verleumdungskampagne als Aktionskunst bezeichnet.

Heinrich hatte ich während meines Rockefeller-Studiums kennengelernt, und eines Tages, als wir uns schon sehr gut kannten, beschrieb er mir seinen familiären Hintergrund: Die Beteiligung an einer Firma, die ursprünglich Traktoren hergestellt hatte, stammte vom Großvater mütterlicherseits und war über seinen Vater auf ihn und seine Schwester gekommen. Inzwischen hatte das Unternehmen Rüstungsaufträge angenommen, was den Geschwistern in keiner Weise recht war, aber sie hatten keine Möglichkeit, auf die Firmenpolitik Einfluss zu nehmen. Auch die Anteile zu verkaufen war durch eine Besonderheit des Gesellschaftervertrags nicht möglich. So kamen sie überein, zu einem späteren Zeitpunkt eine gemeinnützige Stiftung zu gründen und ihre Anteile dort einzubringen.

Heinrich hatte Mathematik und Physik studiert, die Lehramtsprüfung abgelegt und war als Gymnasiallehrer tätig gewesen. Da sein Gehalt für ihn mit seiner vierköpfigen Familie völlig ausreichte, lebte er, als hätte er nicht geerbt; die aus den Anteilen fließende Dividende hatte er auf einem dafür eingerichteten Sonderkonto auf der Bank belassen. Genauso machte es seine Schwester Gisela, die Cello studiert hatte und einem bekannten Orchester angehörte; auch sie war auf die Dividende nicht angewiesen. Weder die Art und Weise, wie die Geschwister zu den Anteilen gekommen waren, noch wie sie damit umgingen, war damals dem »Aktionisten« bekannt gewesen. Womöglich hatte er es auch nicht so genau wissen wollen.

Nachdem Heinrich in Pension gegangen war, machte er sich plangemäß zusammen mit Gisela an die Gründung einer Stiftung, deren Schwerpunkt die Förderung zeitgemäßer Pädagogik und musikalischer Ausbildung im Vorschulalter sein sollte. Dabei mussten sie feststellen, dass es ihnen nicht gelang, geeignete Personen für den Beirat und die Geschäftsführung zu finden. Denn obwohl die oben beschriebene »Kunstaktion« schon einige Jahre zurücklag und das Unternehmen auf dem Rechtsweg einiges gegen die vor allem im Internet stattfindende Diffamierung erreicht hatte, war die pädagogische Szene noch davon beeindruckt. Niemand wollte mit diesem in ihren Augen schmutzigen Geld etwas zu tun haben. Schließlich entschloss Heinrich sich zu der Rockefeller-Ausbildung, um dann mit umso mehr Kompetenz selbst die Geschäftsführerstelle zu übernehmen. Er erwähnte, dass besonders seine Schwester davon betroffen war und sich sehr schwertat, mit der Diffamierung zurechtzukommen.

Ich hatte ihm schon früher einmal meine eigenen Vorbehalte gegenüber meinem Erbe geschildert. Aber ich sah nun ein, dass seine Situation und die seiner Schwester verglichen mit meiner eigenen sehr viel belastender war, und ich half ihnen, so gut ich konnte, ihre Stiftung aufzubauen, was dann schließlich auch gelang.

»Es ist spät!«, sagte Urs plötzlich und machte Anstalten zu gehen, und auch Gretel erhob sich. Er nahm meine Hand und drückte sie sanft. Ich konnte das nicht erwidern – Gretels Hand aber hielt ich ein wenig fest.

»Lass bald wieder von dir hören Maya!«

Sie gingen, und ich war allein.

MALI

Als ich am nächsten Morgen erwachte, regnete es, und ich beschloss, heute nicht ins Büro zu gehen. Stattdessen telefonierte ich mit meiner Sekretärin Ursula:

»Gibt's was Neues?«

»Nur einen Antrag aus Mali, es geht um den Neubau einer Schule. Aber das hat ja Zeit. Sonst nur das Übliche.«

Ich war trübe gestimmt, den ganzen Tag, und fühlte mich sehr einsam. Das machte mir Angst. Wie sollte es weitergehen, und wie würde es im Alter sein? Würde sich jemand um mich kümmern, wenn ich pflegebedürftig oder gar dement wäre? Immer wieder kam mir Phillip langsames Verkommen in den Sinn, sein Dahinsiechen, der Kontrollverlust über sich selbst. Bis zuletzt hatte ich mich um ihn gesorgt, ihm zu helfen versucht. Würde es einmal jemand geben, der für mich da war?

In meinem Leben hatte ich häufig das Gefühl, nicht dazuzugehören und auf seltsame Weise gleichzeitig verachtet und bewundert oder einfach beneidet zu werden. Aus den

Blicken, vor allem von Menschen, die mich kaum kannten, glaubte ich Gedanken zu lesen wie: »Die hat ja von vielem keine Ahnung, weiß gar nicht wie das ist, sich im Leben durchsetzen zu müssen, ist ja mit dem goldenen Löffel im Mund geboren!« Tatsächlich habe ich mich immer wieder als seelischer Krüppel gefühlt und meinem so denkenden Gegenüber innerlich zugestimmt: Irgendwie bin ich auch tatsächlich schief gewickelt und kann mir manches gar nicht vorstellen. Manchmal kommt es mir vor, als lebte ich gar nicht wirklich! Wenn man eine große Summe geerbt hat, muss man aus der Sicht vieler Menschen irgendwie abnormal und außerdem dumm sein. Das heißt auch: Man kann – zumal als Frau – keine guten Ideen haben. Das ist normal Lebenden und ihr Leben selbst verdienenden Intellektuellen vorbehalten. Darüber hinaus verwandelt die Möglichkeit, jemandem eine größere Summe zur Verfügung zu stellen – fast gleichgültig ob geschenkt oder geliehen – den Empfänger in einen auf seltsame Weise Unterlegenen, zu Dank Verpflichteten, selbst wenn der Geber das gar nicht erwartet oder sich vielleicht auch nur einbildet, nichts zu erwarten.

Mit diesen trüben Gedanken fiel ich tiefer und tiefer in ein schwarzes Loch, und am Abend, kurz bevor die Läden schlossen, ging ich in die Spirituosenhandlung um die Ecke und kaufte ein Flasche Wodka. Des Trinkens völlig ungewohnt, war ich sicher, dass dieser Stoff mich in Kürze außer Gefecht setzen würde. Bilder von einer Russlandreise, die ich vor vielen Jahren wegen einer Stiftungsaktivität unternommen hatte, tauchten vor meinem inneren Auge auf: sinnlos betrunken herumliegende Gestalten in den Anlagen an der Newa. Ich war damals mit russischen Bekannten im Theater gewesen, die mich in mein Hotel zurückbegleiteten, und ich hatte, entsetzt über die reglos am Boden liegenden Körper, gefragt, was mit diesen Menschen los sei und ob man nicht Hilfe rufen solle. Das sei nur zu viel Wodka, war die lapidare Antwort. Die würden von selbst wieder aufwachen, und immerhin seien sie für ein paar Stunden ihre Sorgen und Ängste los.

Als ich am nächsten Morgen zu mir kam, brummte mir der Schädel. Aber wenigstens hatte ich durchgeschlafen. Ich trank einen starken Kaffee, ging ins Büro und schaute mir als Erstes den Antrag aus Mali an. Er kam von einer christlichen Privatschule in Sabalibougou und bezog sich auf die Finanzierung des Neubaus einer Schule.

Ich hatte mich nie für Afrika interessiert und schon gar nicht für Mali im Besonderen. Nun aber fühlte ich mich verpflichtet, über dieses Land etwas zu in Erfahrung zu bringen. In Wikipedia ist zu lesen, dass Mali im 12.–14. Jahrhundert unter der Keita-Dynastie das bedeutendste Großreich Westafrikas gewesen war und dass aus dieser Zeit viele der heute noch existierenden Lehmbauten stammen, darunter die große Moschee in Djenné. Was mir aber einen Schock versetzte, waren Informationen über die dort heute noch allgemein übliche Beschneidungspraxis. Denn abgesehen von vielen erschreckenden anatomischen Details fand ich heraus, dass Female Genital Mutilation, FGM, zwar auf internationaler

Ebene als Verstoß gegen die Menschenrechte gesetzlich verboten ist, was in bestimmten Fällen auch funktioniert. Gleichwohl ist dieser barbarische Brauch immer noch tief in den kulturellen und religiösen Traditionen vieler Volksgruppen eingewurzelt, obwohl er von keiner Religion verlangt wird.

All dies löste ein Grauen bei mir aus, gemischt mit einer seltsamen Faszination, die ich mir nicht erklären konnte. Das Gefühl, dass dies nicht alles sein könne, was dieses einst stolze Land zu bieten hat, wurde immer stärker, obwohl ich früher der Meinung gewesen war, dass die Afrikaner ihre Probleme selbst lösen müssten. Dass der europäische Kolonialismus die ganz eigene und den dort lebenden Menschen angemessene Kultur schwer geschädigt, wenn nicht ganz zerstört hatte, wurde mir erst bewusst, als ich mich in diesem Land befand.

Ich beschloss, nach Mali zu fliegen, und auf diese Reise bereitete ich mich in den folgenden Wochen vor. Noch ahnte ich nicht, dass sie mein Leben von Grund auf verändern sollte …

ANKUNFT AUF
DEM AFRIKANISCHEN
KONTINENT

Nach einem neunstündigen Flug kam ich in der Hauptstadt Bamako an und war erst einmal über den hochmodernen Flughafen verwundert. Ich hatte mich auf Chaos eingestellt und war dankbar, dass alles so geordnet verlief. Die freundliche Angestellte am Schalter einer Touristeninformation riet mir, mich mit dem Bus zu der einige Kilometer entfernt liegenden Hauptstadt bringen zu lassen.

Als ich dann gegen Abend in dem von mir gebuchten Hotel mit dem hübschen Namen »La Coccinelle«, Marienkäfer, ankam, war ich völlig erschöpft, legte mich erst einmal ins Bett und schlief tief bis zum Morgen.

Das Erste, was ich beim Erwachen hörte, war Kinderlachen, noch vor dem Ruf des Muezzins. Ich zog mich an und ging hinauf auf das Dach. Von hier aus hatte ich einen wunderbaren Blick über die Stadt und über die Straße, in der das Hotel steht. Dabei entdeckte ich Kinder, die einen Vorhof nutzten, um Fußball zu spielen. Manche hatten einen Ball, einigen reichte aber auch ein aus Lumpen zusammengebundenes Knäuel. Oder eine Dose. Oder eine Flasche. Oder ein Holzstück. Oder ein Tankdeckel. Oder ein alter Schuh. Oder, oder … Mir wurde klar: Spielzeug ist, womit man spielen kann. Diese Kinder machen es vor. Sie lassen Steinchen springen, erfinden Spiele mit Seilen, malen in den Sand, legen Bilder mit Holzstücken, werfen sich Dosen zu. Ein kleiner Junge faszinierte mich völlig: Er ließ einen Fahrradreifen neben sich herlaufen, die Straße rauf und runter, immer singend, ohne die Spielkameraden richtig wahrzunehmen. Für ihn fing dieser Tag gut an.

Gespannt, wie der Tag für mich verlaufen würde, ging ich erst einmal zum Frühstück und bekam die erstaunlichsten Gerichte serviert, wie Pommes und Steak: Dinge, die bei uns zum Mittag- oder Abendessen gehören. Gestärkt begab ich mich zu der wohlgelaunten, perfekt Französisch sprechenden Dame an der Rezeption, um mich zu erkundigen, wie ich zu dieser Sabalibougou-Schule, die den Antrag gestellt hatte, kommen könne. Sie bestellte mir ein Taxi. Der Fahrer kannte zwar die Adresse, aber ich merkte, dass er von der Institution nicht viel hielt. Da er nur das notwendigste Französisch sprach, erfuhr ich nichts über den Grund seiner Ablehnung.

Später verstand ich es: Es ist eine christliche Schule, und er war Muslim. Ich hatte mich vom Hotel aus telefonisch angemeldet, und Mano Dayak, der den Antrag unterzeichnet hatte, war informiert von meiner Ankunft. Er erwartete mich am Tor des Schulgeländes, begrüßte mich in bestem Französisch und fragte mich, ob es mir recht sei, wenn wir erst zu der einige Kilometer außerhalb der Stadt liegenden Behelfsschule führen, für deren Sanierung er den Antrag gestellt hatte. Später werde er mir dann gerne die gesamte Schule zeigen. Er war ein hochgewachsener, stattlicher, eher hellhäutiger Mann mit klaren Gesichtszügen – und mir sofort sympathisch. In einem klapprigen Peugeot brachte er mich auf abenteuerlichen Straßen zu der Schule. Ich war beeindruckt, wie geschickt er den Wagen über die mit tiefen Schlaglöchern übersäte Piste steuerte. Außerdem bewunderte ich sein gutes Französisch, das er mit nur leicht malischem Akzent sprach. Mein deutscher Akzent war sicherlich sehr viel stärker zu hören.

Der Anblick der aus Hirsestroh und Bastmatten bestehenden Behelfsschule überzeugte mich sofort von der Notwendigkeit eines Neubaus: Mitten auf einem Feld stand da eine Art Kasten, vielleicht zwanzig Meter lang, fünf Meter breit und zwei Meter hoch. An einer Längsseite befanden sich in Abständen drei mit Matten verhängte Öffnungen, aus denen plötzlich 150 Schülerinnen und Schüler und drei Lehrer strömten, weil die Schule gerade aus war. Mano zeigte mir dann eines der Klassenzimmer: Durch die Matten des Dachs sah man den Himmel. Dass dieses »Bauwerk« in der meist drei Monate während Regenzeit nicht benutzbar ist und man es hinterher aufwändig flicken und manchmal fast neu errichten musste, lag auf der Hand.

Mano hatte eine Skizze des geplanten Neubaus dabei. Vier Klassenzimmer waren vorgesehen, ein Hof für die Pausen und ein kleiner Schulgarten. Wegen der Knappheit an Steinen waren die Mauern in Beton ausgeführt. Ich wunderte mich, wie wenig das alles kosten sollte, merkte aber auch, wie stolz er auf seinen Plan war.

Dieser junge Mann begann mich mehr und mehr zu interessieren, und ich lud ihn zum Abendessen ein. Da ich kein Lokal wusste, bat ich ihn um einen Vorschlag. Sichtlich erfreut schlug er das Thai-Restaurant Jaopraya vor, und ich stimmte zu, obwohl ich lieber etwas typisch Malisches gegessen hätte. Offenbar wollte er mir etwas Besonderes bieten.

Da er gut Französisch sprach und meines sich zusehends besserte, war die Unterhaltung kein Problem. Ich fragte ihn nach seiner Herkunft, und er sagte selbstbewusst, dass er einer alten Tuareg-Familie entstamme. Das sind im Nordosten von Mali lebende Beduinen, die teilweise schon länger sesshaft geworden sind. Manos Eltern lebten in einem Dorf in der Region Gao, wo er ab seinem zehnten Lebensjahr in die Schule ging. Da er sehr gute Noten hatte, unterstützten ihn seine Eltern in seinem Plan, Lehrer zu werden, denn sie waren überzeugt, dass das Wissen eines Viehzüchters heutzutage nicht mehr genüge. Seiner Beschreibung nach war seine erste Schule der Behelfsschule ähnlich, die wir besichtigt hatten. Er betonte aber, dass die Schule nicht ganz so »windig« gewesen sei und dass er einen sehr guten Lehrer gehabt habe. Der hätte ihn auf den Gedanken gebracht, diesen Beruf zu ergreifen, obwohl er früh verstanden hatte, dass das ein harter Weg sein würde.

Nachdem er die Ausbildung erfolgreich absolviert hatte, musste er sich nochmals einem Auswahlverfahren unterziehen: Denn damals bewarben sich 32 000 Kandidaten auf gerade mal 750 zu besetzende Stellen. Der Zugang zum öffentlichen Dienst war sehr begehrt bei allen jungen Leuten mit einem akademischen Abschluss, die keine Arbeit fanden. Mano unterlag der großen Konkurrenz, hatte aber insofern Glück, als er sich bei der Schule bewerben konnte, in der er die letzten zwei Jahre seiner Schulzeit gegangen war, der christlichen Privatschule Sabalibougou.

Hier war er nun schon vier Jahre mit anständiger Bezahlung angestellt und hatte den Gründer und Leiter, Pastor Enoc Sagara, angeregt, die oben geschilderte Behelfsschule in den Schulverbund aufzunehmen. Der Pastor hatte ihn gebeten, die notwendigen Mittel zu einem Neubau aufzutreiben. Daraufhin hatte sich Mano nach den Möglichkeiten einer Unterstützung aus dem Ausland erkundigt und war so an meine Stiftung gekommen.

Im Verlauf des Abends war er von ausgesuchter Höflichkeit. Er fragte immer wieder, was ich noch wünsche: noch einen anderen Wein oder Sekt oder eventuell Schnaps. In der Annahme, dass er Muslim sei, ging ich davon aus, dass er keinen Alkohol trinkt. Daher wunderte ich mich, dass er sich ganz selbstverständlich auch eingoss, als ich Sekt bestellte und ihn bat, mir noch mehr aus seinem Leben zu erzählen. Dabei überlegte ich nicht, ob mein Verhalten in einem Land, in dem Mädchen von ihrer Familie verheiratet werden und normalerweise in Gesellschaft von Männern kaum sprechen, für ihn schwer einzuordnen war. Mano aber war in keiner Weise verunsichert und sprach unbefangen von seiner Mutter, die er sehr liebte und die in der Familie bestimmend zu sein schien. Offenbar genoss die Frau bei den Tuareg eine unabhängige Stellung.

Er sprach dem Sekt kräftig zu und lobte ihn kennerhaft. Es schien nichts Neues für ihn zu sein, Alkohol zu trinken, und er wurde im Lauf des Abends immer lockerer. Ich selbst fühlte mich entspannt wie schon lange nicht mehr und merkte, wie die lebhafte Art meines Gegenübers mich ansteckte. In Mali sind nicht nur die Kinder, sondern auch die meisten Erwachsenen auf eine entwaffnende Art fröhlich und begeisterungsfähig.

Ehe wir uns trennten, erzählte mir Mano noch die Legende von der verlorenen oder versunkenen Oase Gewas, die in seinem Volk eine große Rolle spielt: Sie steht für die Sehnsucht nach einer vollkommenen paradiesischen Welt voller Reichtümer und Überfluss. In der Vorstellung der Tuareg kann nur derjenige diesen legendären Ort finden, der nicht bewusst und gezielt nach ihm sucht.

Die Tuareg sind ein zu den Berbern zählendes Nomadenvolk, dessen Siedlungsgebiet sich über die Wüste Sahara und den Sahel erstreckt. Seit der Mitte des 20. Jahrhunderts sind viele sesshaft geworden. In den letzten Jahren kam es wiederholt zu Aufständen, da sich die Tuareg in vielerlei Hinsicht benachteiligt fühlen, obwohl sie, wie fast alle Malier, schon lange Muslime geworden sind. Vielleicht war das auch der Grund, warum Mano sich häufig abfällig über die heutige Republik Mali äußerte. Mir kam es manchmal vor, dass er fast mehr Hochachtung vor den einstigen Kolonialherren, den Franzosen, hatte.

Wenn es Mano zeitlich einrichten konnte, verabredete ich mich mit ihm, und bald machte er sein Versprechen wahr, mir seine Schule zu zeigen. Ich war sehr gespannt.

Pastor Enoc Sagara wollte mit der Gründung der christlichen Privatschule Pas à Pas einen Beitrag zur Linderung des Schulnotstands leisten, da in Mali Klassenstärken bis zu hundert Kinder keine Seltenheit waren. Er stieß damit bei den verantwortlichen Stellen auf offene Ohren, und ein Platz an der Schule war auch bei Muslimen sehr begehrt.

Mir fiel der missionarische Unterton des Schulkonzepts auf, und ich fragte Mano, wie er das fände. Völlig unbefangen schilderte er mir, wie er in den letzten zwei Klassen hier Schüler gewesen sei und von einem Stipendium profitiert habe, das ihm gewährt wurde, weil seinen Eltern die Bezahlung des Schulgelds schwerfiel. Damals hatte er sich zum Christentum bekehrt. Sein Vater meinte dazu, er sei alt genug, diese Dinge selbst zu entscheiden, und so hatte er sich von Enoc taufen lassen. Dieser Mann schien für ihn das große Vorbild zu sein, und ich begann, ihn selbst zu bewundern. Mir gefiel auch, was ich vom Unterricht an der Schule mitbekam, obwohl mir der Gedanke an Mission fernliegt. Mano fühlte sich hier wohl, und er hatte dieser Schule auch wahrlich fiel zu verdanken.

Im Großen und Ganzen unterhielten wir uns glänzend, und ich lud ihn bald wieder ein. Ich nahm mir vor, auch andere Schulprojekte zu unterstützen, denn ich fühlte mich mehr und mehr verbunden mit diesem Land. Außerdem tat mir der Aufenthalt hier gut. Ich hatte das Gefühl, hier eine andere, eine wirklich lebendige Frau zu sein. Damit hing wohl auch zusammen, dass ich empfänglich war für die starke männliche Ausstrahlung Manos, und wir kamen uns zunehmend näher.

Ich fragte ihn, was er davon halte, dass in Mali die Beschneidung noch üblich ist. Seiner zögerlichen Antwort entnahm ich, dass er sich nicht gerne zu diesem Thema äußern wollte, und ich verstand es so, dass er diesen archaischen und brutalen Brauch zwar als zum Christentum Konvertierter ablehnte, dass die Beschneidung jedoch bei den in der Mehrzahl muslimischen Tuareg immer noch üblich war. Ich konnte seine Haltung nachvollziehen, wollte aber auf alle Fälle in Zukunft Initiativen zur Abschaffung unterstützen, von denen es in Mali einige zu geben schien.

Auf dem Heimflug spielte ich mit dem Gedanken, mir eine Wohnung in Bamako zu mieten und so oft wie möglich hierherzukommen.

UNTER BETRÜGERN

Kaum war ich einen Tag zu Hause, als bei meiner Sekretärin Ursula die E-Mail eines Herrn Becker vom Bundeskanzleramt eintraf. Er bat darin um Mitteilung meiner persönlichen E-Mail-Adresse zwecks Kontaktaufnahme. Ursula gab die Adresse heraus und unterrichtete mich davon.

Ich erhielt daraufhin eine E-Mail, in der Herr Becker um einen telefonischen Gesprächstermin für einen Dr. Hecker bat. In der E-Mail enthalten war auch eine Telefonnummer, unter der ich selbst zurückrufen könne. Das tat ich, kurz nachdem ich die E-Mail erhalten hatte. Verständlicherweise war ich neugierig, was das Bundeskanzleramt von mir wolle. Herr Becker meldete sich am Telefon. Als ich meinen Namen nannte, war ich kurz irritiert, dass er nicht gleich wusste, um wen es sich handelte. Nach kurzem Zögern meinte er, dass Herr Dr. Hecker gerade im Gespräch sei, aber zurückrufen würde, was auch geschah. Er versicherte sich erst, ob ich im Raum allein sei und ungehört sprechen könne. Ich bejahte, und er schilderte mir folgenden Sachverhalt: Es seien vier

Mitarbeiter des Bundeskanzleramts als Geiseln genommen worden, und Frau Dr. Merkel wolle, dass diese Mitarbeiter so rasch wie möglich wieder zu ihren Familien zurückkehrten. Die Regierung selbst könne aber kein Lösegeld bezahlen. Deshalb sei er von Herrn Altmaier gebeten worden, die entsprechende Summe von Stiftungen und Unternehmen als Darlehen zu erbitten. Dieses werde spätestens nach Weihnachten vom Bundesfinanzministerium zurückgezahlt werden, eventuell auch schon früher. Ich überlegte kurz, nach der Verzinsung zu fragen, dachte dann aber, dass man das in einem so ernsten Notfall nicht tun könne. Dr. Hecker fragte nun, ob ich bereit sei, in dieser Sache zu helfen und bis zu fünf Millionen Euro zur Verfügung zu stellen, und zwar bis spätestens 17.00 Uhr am selben Tag. Ich fragte nach, wann und wie ich den Hergang und den weiteren Verlauf der Geschichte erfahren würde. Das wäre nach Weihnachten der Fall, lautete die Antwort. Ich würde dann nach Berlin eingeladen, um es von Frau Dr. Merkel selbst erklärt zu bekommen. Vor allem aber solle ich über die Sache vorerst völliges Stillschweigen bewahren, das sei sehr wichtig.

Unmittelbar nach dem Telefonat rief ich meinen Vermögensverwalter an, um ihn zu fragen, wie viel ich auf die Schnelle beschaffen könne. Der Vermögensverwalter war nicht gleich zu erreichen, und so hatte ich Zeit, das Ganze noch einmal in Ruhe zu überdenken. Plötzlich kamen mir Zweifel. Ich wurde misstrauisch, ob das nicht ein Betrugsversuch sein könne, obwohl ich mir das so, wie es abgelaufen war, nicht recht vorstellen konnte. Ich überlegte fieberhaft, wie ich die Rechtmäßigkeit überprüfen konnte. Ich suchte im Internet und fand einen Herrn Hecker als zuständig für Fragen der Flüchtlingsintegration, aber nicht als sicherheits- und außenpolitischer Berater der Kanzlerin, wie es Herr Becker dargestellt hatte. Das überzeugte mich, dass die Sache nicht in Ordnung war, und ich nahm zwei weitere Handyanrufe am Nachmittag nicht mehr entgegen. Am nächsten Tag traf nochmals eine E-Mail von Herrn Becker ein, der mir mitteilte, dass die Sache anders gelöst werden konnte und dass man mir für meine Bereitschaft danke. Aber ich solle bitte weiterhin striktes Stillschweigen bewahren.

Wie mein Rechtsanwalt mir geraten hatte – und obwohl ich mir nichts davon versprach –, erstattete ich Anzeige gegen Unbekannt. Etwas später erfuhr ich, dass das Bundeskriminalamt vor dieser Art von Betrugsfällen warnte, weil in der Zwischenzeit zwei weitere bekannt geworden waren. Das Ganze hinterließ bei mir einen schalen Nachgeschmack. Die Arbeit in meiner Stiftung kam mir seltsamerweise sinnlos vor, soweit ich mich mit aus Deutschland bezogenen Projekten beschäftigen musste. Deshalb beschloss ich, möglichst bald nach Mali zurückzukehren. In den folgenden Tagen war ich völlig verunsichert. Ich fühlte mich einsam wie schon lange nicht mehr und sehnte mich nach Mali zurück, weil ich naiverweise dachte, dass mir so etwas dort niemals widerfahren wäre. Außerdem vermisste ich den täglichen Umgang mit Mano und so begann ich, meinen nächsten Mali-Aufenthalt zu planen.

EINE NEUE HEIMAT?

Mano war hocherfreut, als ich ihm diese Absicht bei einem meiner immer häufiger werdenden Telefongespräche mitteilte.

»Ich würde mir gerne eine Wohnung mieten. Kannst du dich mal nach was Passendem umschauen, bis ich komme?«

»Sehr gerne!«

»Okay, ich lass dich wissen, sobald ich den Flug in ungefähr drei Tagen gebucht habe.«

Es war Freitagabend, als ich eintraf, und Mano holte mich am Flugplatz ab. Ich entdeckte ihn bald unter den Wartenden, und sein Gesicht leuchtete auf, als er mich erkannte. Ich umarmte ihn, was bisher zwischen uns nicht üblich gewesen war. Er reagierte erstaunt und erfreut zugleich, holte mir meine beiden großen Koffer vom Laufband, und bald waren wir auf dem Weg zum Parkplatz, wo sein alter Peugeot stand. Ich fühlte mich, als wäre ich nach Hause gekommen.

»Ich habe ein paar Wohnungen ausgewählt«, sagte Mano.

»Morgen können wir sie ansehen. Aber jetzt bring ich dich erst mal in das Coccinelle.«

Ich dachte an die Bedeutung dieses Namens: »Glückskäfer«, und so fühlte ich mich wirklich. War das jemals vorher so gewesen?

Wir nahmen gemeinsam noch etwas zu uns, dann ging ich auf mein Zimmer. Es war dasselbe wie bei meinem letzten Aufenthalt, und ich schlief tief und fest in dem mir wohlbekannten Bett. Gegen Morgen aber hatte ich einen seltsamen Traum: Mit Mano wanderte ich Hand in Hand durch eine berauschend schöne Wüstenlandschaft. Ungeheure gelb-rote Dünen mit merkwürdigen schwarzen Mustern erstreckten sich bis zum Horizont und leuchteten in einem fast unwirklich strahlenden Licht. »Wir müssen aufpassen, es gibt hier Skorpione«, hörte ich Mano leise sagen und erwachte, Manos letztes Wort noch im Ohr.

»Ob das wohl schlimm ist?«, dachte ich noch im Halbschlaf, da ertönte der Ruf des Muezzins: »Allahu akbar, Allahu an la ilaha illa llah!« von der nahen Moschee. Die Sonne ging auf, und ich vergaß den Traum. Dieser Ruf hatte mir schon beim ersten Hiersein das Gefühl von Geborgenheit gegeben, das mich nun wieder erfüllte. Ich blieb noch etwas liegen und lauschte den Geräuschen der Straße, fremdartig und doch vertraut.

Mano kam, wie verabredet, um neun Uhr zum Frühstück: »Wir können die Wohnungen ansehen, sobald wir fertig sind. Eine davon ist gleich bei der Schule, aber die ist ein bisschen groß.«

»Die schauen wir als Erstes an«, entschied ich.

Ich mietete sie, ohne die anderen gesehen zu haben.

In den kommenden zwei Wochen beschäftigte ich mich mit der Einrichtung des neuen Heims und war erstaunt, wie groß das Angebot moderner und traditioneller Möbel war. Noch nie hatte mir das solchen Spaß gemacht, und ich fand aparte Kombinationen von Modernem und Traditionellem. Mano brachte mir einen rot gemusterten Teppich, ein altes Erbstück aus seiner Familie, der einen Ehrenplatz im Wohnzimmer erhielt. Außerdem nannte mir Mano einen Antiquitätenhändler, der Tuareg-Kunst verkaufte.

MOTORRAD-ABENTEUER

Es ging auf die Schulferien zu. Eines Abends kam Mano mit glückstrahlendem Gesicht zu mir: »Es war schon lange mein Wunsch, ein Motorrad zu besitzen, und ich habe lange darauf gespart. Jetzt endlich konnte ich mir die Tiger 800XC Triumph kaufen, die ich immer haben wollte. Sie hat einen guten Rücksitz, und wir könnten mit ihr kleinere und auch größere Reisen unternehmen. Sie steht unten, wir können gleich eine kleine Spritztour unternehmen.«

Fast eine Stunde kurvten wir durch die zum Teil recht holprigen Straßen der Stadt und hinaus in die Umgebung. Nach anfänglicher Skepsis war ich begeistert. Der Fahrtwind hatte mich die Schwüle der Flussniederung vergessen lassen, und lange versunkene Erinnerungen waren in mir aufgestiegen: an die Liftfahrten damals mit Urs in Zuoz, dicht neben einem jungen Mann, dem ich vertraute.

Am nächsten Tag schlug Mano mir eine Fahrt zur großen Moschee von Djenné vor. »Wir dürfen zwar nicht ins Innere, weil wir Christen sind. Aber schon der Anblick ist lohnend, und vom Dach aus hat man eine wundervolle Aussicht über das Binnendelta des Niger und weit ins Land. Es könnte allerdings sein, dass man gar nicht mehr hinauf darf. Ich habe gehört, dass das Dach für Nicht-Muslime nicht mehr zugänglich sein soll, seit eine französische Modefirma dort Fotos gemacht hat. Aber die Moschee ist eines der berühmtesten Bauwerke Afrikas und zählt zum Weltkulturerbe der UNESCO, denn ihre Vorläufer am selben Ort gehen bis in die Jahre 1200 und 1300 zurück. Sie besteht komplett aus Lehm, hat aber trotzdem die Ausmaße einer richtigen Moschee. Selbst die regelmäßig auftretenden Überschwemmungen konnten der Moschee bislang nichts anhaben. Wenn Djenné als Stadt quasi zu einer Insel wird, liegt die Moschee immer noch gegen höhere Wasserstände geschützt im Ort. Sie ist nicht nur ein Wahrzeichen Malis, sondern gilt sogar als eines der wichtigsten Bauwerke ganz Afrikas und war im Mittelalter eines der bekanntesten islamischen Zentren. Tausende von Studenten kamen, um hier den Koran zu studieren. Auch wenn es zahlreiche Moscheen gibt, die älter sind als die heutige Moschee von Djenné, ist sie doch eines der herausragenden Symbole sowohl der Stadt als auch des Staates Mali.«

Ich staunte, wie gut sich Mano informiert hatte, und war sehr gespannt auf diesen Ausflug.

Wir starteten am Samstag darauf in aller Frühe, denn wir wollten da sein, ehe es zu heiß wurde. Das Motorrad hatten wir schon am Abend vorher bepackt, und viereinhalb Stunden genügten, um auf der halbwegs guten Straße ans Ziel zu gelangen. Mano hatte im Hotel »Djenne Djenno« zwei nebeneinanderliegende Zimmer gebucht, und ich war erfreut über die stilvolle Unterkunft, deren Architektur an die der Moschee erinnerte.

Gegen Abend schlenderten wir durch die winkligen und teils stark vermüllten Gassen der Altstadt bis zur Moschee. Als wir auf den freien Platz vor ihr hinaustraten, bot sich uns ein überwältigender Anblick: Das Gemäuer glühte rötlich im Abendlicht, der Muezzin rief gerade zum Abendgebet, und die Gläubigen strömten dem Eingang zu. Am liebsten wäre ich ihnen gefolgt, und ich glaubte zu spüren, dass es Mano ähnlich erging.

Später aßen wir im Restaurant »Le Fleuve« in der Altstadt das malische Nationalgericht Reis mit einer Sauce aus Erdnüssen, Tomaten, Zwiebeln und dazu Fisch, frisch gefangen aus dem Niger. In Anbetracht der vielen Fremden waren auch hier Bier und andere Alkoholika ohne Weiteres zu bekommen, und bald war unsere Stimmung ausgelassen. Besonders ich hatte dem Sekt kräftig zugesprochen und war in keiner Weise mehr nüchtern, als wir im Hotel vor unseren Zimmertüren standen und ich zu meinem – allerdings erst nachherigen Erstaunen – Mano zu mir hereinbat.

Dieses Motorradabenteuer wiederholten wir in den nächsten Wochen, und es war schließlich meine Idee, ein Zelt zu kaufen. »Ich habe mir seit meiner Kindheit gewünscht, einmal unter freiem Himmel in der Wüste zu übernachten. Der Sternhimmel muss überwältigend sein!« Mano sah mich etwas erstaunt an, denn für ihn war das nichts Besonderes. Ich gab aber zu bedenken, dass wir gut überlegen müssten, wo wir das machen sollten, denn zu weit im Norden gab es immer wieder Kampfhandlungen und Entführungen, und Mano meinte, er wolle da selbst nicht hin. Ich bat ihn um einen Vorschlag, und er nannte die Gegend um Nara als geeignet. Dorthin führte eine gut ausgebaute Straße, und die Sahelzone begann hier.

Wieder packten wir das Motorrad, brachen früh auf und hatten die ungefähr 300 Kilometer am späteren Vormittag zurückgelegt. Wir durchstreiften das von der Nähe der Wüste geprägte Städtchen, aßen mittags eine Kleinigkeit in einer Imbissbude an der Straße und ruhten uns dann unter einem mächtigen Baum aus. Mano verjagte bettelnde Kinder und Jugendliche, die sich als »Guides« anboten.

Gegen Abend fuhren wir noch ein Stück querfeldein Richtung Norden, bis wir an den Rand der Savanne gelangten und das Weiterkommen im Sand der Dünen schwierig wurde. Hier schlugen wir das kleine Zelt auf, um einen Unterschlupf zu haben, falls es wider Erwarten kalt würde. Eigentlich aber wollte ich die Nacht im Schlafsack unter freiem Himmel verbringen.

Mano sagte, dass man auf Skorpione achtgeben und beim Herumgehen immer eine Taschenlampe mitnehme müsse. Ich stutzte, weil mir plötzlich mein Traum in Erinnerung kam.

Während die Glut des Sonnuntergangs rasch verlosch, machte ich mich an den Schlafsäcken zu schaffen, und als wir uns schlafen legten, stellte Mano erfreut fest, dass ich zwei

Exemplare gekauft hatte, die sich über einen Reißverschluss in einen einzigen großen verwandeln ließen.

In dieser Nacht voller Sternschnuppen versprach ich Mano, ihn zu heiraten.

Zurück in Bamako meldeten wir uns auf dem Standesamt, und ich bot Mano an, zu mir in meine Wohnung zu ziehen. Ich wunderte mich allerdings, dass er anfänglich zögerte, den Umzug nur teilweise vollzog und seine eigene Wohnung vorerst behalten wollte, obwohl sie weit von der Schule entfernt lag. Als jedoch nach der gesetzlichen Frist die standesamtliche Heirat vollzogen war, schien sich Mano an seine neue Rolle als Ehemann zu gewöhnen. Allerdings war aus seiner Sicht diese Art der Eheschließung nur eine halbe Sache: Er wünschte sich eine kirchliche Trauung durch Pastor Enoc Sagara, und damit hatte ich ein Problem. Seit Phillips Beerdigung hielt ich nicht mehr viel von kirchlichem Beistand in entscheidenden Situationen des Lebens.

WIEDER IN DEUTSCHLAND

Bald danach teilte ich Mano mit, dass ich in meiner Stiftung mal wieder nach dem Rechten sehen und persönlich anwesend sein müsse. Ursula hatte mich wissen lassen, dass sie sich überfordert fühlte. Er nahm das erst einmal schweigend zur Kenntnis, meinte dann aber, dass er mein Heimatland möglichst bald einmal kennenlernen wolle. Schließlich hätte Mali Deutschland so viel zu verdanken, und es wäre interessant für ihn, eine Zeit lang dort zu leben, zumal er jetzt mit einer Deutschen verheiratet sei. Ich gab ihm zu verstehen, dass ich, wenn er dabei sei, wirklich Zeit für ihn haben wolle, doch diesmal hätte ich mit der Stiftung sehr viel zu tun. Dabei wurde mir zum ersten Mal klar, dass ich ein Problem damit hatte, meine malische Existenz in Deutschland offenzulegen – Mano spürte wohl auch, dass das eine Ausrede war, mit der ich ihn, aber auch mich selbst über meine innere Unsicherheit hinwegzutäuschen versuchte.

Als ich dann nach gut überstandenem Flug am übernächsten Morgen im herbstlichen Frankfurt erwachte, schlugen mir der trübe Himmel, die regennassen Straßen und die schale Luft in meiner Wohnung schwer aufs Gemüt. Ich hatte mich am Abend zuvor am Flughafen noch schnell mit dem Notwendigsten versorgt und versuchte nun beim Frühstück, mich auf den vor mir liegenden Tag vorzubereiten. Dabei wurde mir immer mehr bewusst, wie unwohl ich mich fühlte, weil mir völlig unklar war, wie ich Ursula und meinen Freunden und Bekannten mein Leben in Mali schildern sollte. Wollte ich überhaupt davon sprechen?

Mir kamen Bilder von der Beerdigung meines Vaters in den Sinn: Mit ihm hätte ich gerne über die vergangenen Monate gesprochen, obwohl ich mir nicht sicher war, dass er viel Verständnis für meine Situation aufgebracht hätte. Aber allein die Vorstellung, mit ihm zu reden, war mir ein Trost, und ich spürte schmerzhaft, wie stark ich ihn vermisste. Auch an Urs musste ich denken, aber ihm gegenüber empfand ich eine unüberwindliche Scham, ihm mein afrikanisches Abenteuer zu schildern. Bei Gretel konnte ich mehr Verständnis erwarten, allerdings fühlte ich, dass sie wiederum zu eng mit ihrem Bruder verbunden war.

Als ich dann ins Büro kam, merkte ich, wie erleichtert Ursula reagierte. Es hatte sich viel Unerledigtes angesammelt, und verständlicherweise war sie damit überfordert. Wir machten uns gemeinsam an die Arbeit, und nach ein paar Tagen hatte ich die klare Vorstellung, dass ich meine Stiftung in Zukunft fast ausschließlich der Mali-Hilfe widmen wollte und dafür einen Geschäftsführer oder eine Geschäftsführerin mit Afrika-Kenntnis suchen musste. Auf eine Anzeige hin meldete sich unter anderen ein Mann im besten Alter, der genau dem entsprach, was ich mir vorstellte.

Haiko Wohlfarth hatte sich aus ärmlichen Verhältnissen hochgearbeitet. Sein Vater war Mitte der Dreißigerjahre ausgewandert und 1962 nach Deutschland zurückgekehrt. Er hatte sich an der Börse verspekuliert und fast alles verloren. Seine Mutter starb, als er kaum zehn Jahre zählte. Er wuchs allein mit dem zur Depression neigenden Vater auf und musste hart arbeiten, um sich durchsetzen. Als Werkstudent erlangte er ein Diplom in Betriebswirtschaft, lernte zur englischen Sprache, die er vom Elternhaus her fließend beherrschte, auch noch Französisch. Er war dann einige Jahre im Entwicklungsdienst in Afrika beschäftigt gewesen, unter anderem in Burkina Faso, sodass er Westafrika aus eigener Erfahrung kannte.

Beim Einstellungsgespräch waren wir uns auf den ersten Blick sympathisch, und ich war sofort entschlossen, ihn anzustellen. Ich erklärte ihm, dass ich in den nächsten Jahren die Mittel meiner Stiftung weitgehend zum Aufbau und zur Weiterentwicklung von Schulen in Mali verwenden und selbst viel in diesem Land vor Ort sein wolle. Ich erwartete von ihm, dass er das Frankfurter Büro nach einer gewissen Einarbeitungszeit weitgehend selbstständig leite, sodass ich frei sei, hier oder dort zu leben. Er war der Ansicht, dass er diesen Anforderungen sehr bald gerecht werden könnte, und so hatte ich das Gefühl, dieses Problem gelöst zu haben.

Noch in seiner Probezeit machte er den Vorschlag, die wichtigsten der in Mali tätigen Hilfsorganisationen zu einer

Tagung mit Kurzvorträgen und anschließendem Austausch einzuladen, um die Hilfe für das Land auf eine breitere Basis zu stellen. Ich war begeistert und stimmte sofort zu.

Mano jedoch, mit dem ich häufig telefonierte, wurde unruhig und fragte ständig nach meiner Rückkunft. Schließlich entschloss ich mich, früher als eigentlich geplant zurückzufliegen.

ZURÜCK IN MALI

Wie ausgemacht, empfing mich Mano am Flughafen, aber schon bei der ersten Umarmung merkte ich, dass irgendetwas anders war. Ich erzählte viel und ausführlich über meine Frankfurter Zeit. Mano hörte zu, betonte jedoch immer wieder, er könne sich das alles nicht recht vorstellen und es sei an der Zeit, dass er einmal mit nach Deutschland käme. Ich versicherte ihm, dass ich das auch wolle, aber das nächste Mal würde ich wieder sehr viel mit der Stiftung beschäftigt sein, der neue Geschäftsführer sei noch nicht eingearbeitet. Da er eine Tagung zu unserem Schwerpunkt Mali-Hilfe organisieren wolle, zu der sämtliche damit befassten Organisationen eingeladen werden, sei sehr viel zu tun. Mit diesem Argument versuchte ich Mano zu überzeugen, dass ich wieder keine Zeit für ihn haben würde.

Ich glaube, er fühlte erneut, dass alles nur faule Ausreden waren, und meinte: »Ich finde es sehr schön, dass du diesen Schwerpunkt für die Stiftung gewählt hast, aber als Malier könnte ich doch auch viel dazu beitragen, weil ich aus eigener Erfahrung weiß, wo Bedarf ist.« Ich versuchte ihm klarzumachen, dass das aber erst nach der Einarbeitung von Herrn Wohlfahrt der Fall sei. Doch berechtigterweise leuchtete Mano diese Logik nicht ein. Er spürte, dass ich ihn aus anderen Gründen nicht dabeihaben wollte. Auch der Hinweis, dass er mich außerhalb der Ferien gar nicht begleiten könne, half nichts. Mano ließ nicht locker: Etwas ging gegen seinen Stolz, und er wollte Näheres über den neuen Geschäftsführer wissen.

Ich hörte zwar den beleidigten Unterton in seiner Stimme, ging aber darüber hinweg und schilderte ihm seinen bisherigen Werdegang so, dass er meine Wertschätzung deutlich spüren musste. Der Rest des Abends verging mit belanglosen Gesprächen in gespannter Atmosphäre.

Am nächsten Vormittag stellte ich fest, dass ich gar nicht wusste, was ich hier tun wollte. Ich dachte über die geplante Tagung nach, telefonierte kurz mit Haiko Wohlfarth, um verschiedene Einzelheiten zu besprechen, und machte mir gleichzeitig Vorwürfe wegen des kostspieligen, nicht unbedingt notwendigen Telefonats.

Als Mano aus der Schule zurückkehrte, sagte er in aggressivem Ton: »Ich möchte wirklich wissen, warum du nicht mich mit der Geschäftsführung deiner Stiftung betraut hast. Ich habe doch sehr viel einschlägigere Erfahrung als dieser Herr Wohlfarth. Ich weiß, woran es hier fehlt, und muss nicht lange recherchieren. Es ist doch klar, dass es an guten Schulen fehlt.« »Das stimmt zwar«, sagte ich zunehmend ärgerlich, »aber der Haken ist, dass du die Verhältnisse in

Deutschland nicht kennst und deshalb für diesen Posten ungeeignet bist!« Er wurde wütend: »Dahinter steckt doch in Wirklichkeit etwas anders. Wie alle Europäer bist du der Meinung, dass Afrikaner keine vollwertigen Menschen sind!«

Sein Gesichtsausdruck erschreckte mich, und noch während ich ihm erwiderte, dass ich ihn doch schließlich geheiratet hätte, musste ich ihm recht geben. Woran lag es, dass ich diese Probleme hatte?

Mano ließ nicht locker: »Unsere Heirat ist ohne kirchliche Trauung nicht gültig. Du wolltest nur die standesamtliche, weil man die problemlos wieder auflösen kann!« »Aber ich habe dir doch erklärt, warum ich es so wollte!« »Das glaube ich dir einfach nicht! Warum nimmst du deinen Ehemann nicht mit in deine Heimat, um ihn deinen Verwandten vorzustellen, wie sich das gehört? Es ist in Afrika gar nicht denkbar, dass sich eine Frau so aufführt wie du«, brach es aus ihm heraus. Ich ahnte, dass ihm ein Wort wie »Schlampe« auf der Zunge lag, als er ganz nahe an mich herantrat und die Hand zum Schlag erhob. Nur im allerletzten Augenblick beherrschte er sich.

Ich war einen Moment sprachlos und rief dann empört: »Was bildest du dir eigentlich ein?! Bist du verrückt geworden? So weit käme es noch, dass du mich schlägst, so wie ihr das gewohnt seid mit euren Frauen!«

Ich war außer mir, den Tränen nahe, und verließ hastig das Zimmer.

Am nächsten Tag sprachen wir nicht mehr darüber, und für das folgende Wochenende schlug Mano einen Motorradausflug in den Baoulé-Nationalpark vor, der für seine Schimpansen und Vögel bekannt ist.

Wieder einmal packten wir das Motorrad am Vorabend und fuhren in aller Frühe los, um mittags dort zu sein. Auch das Zelt und der große Schlafsack waren dabei, und wieder schliefen wir erst gegen morgen ein, als die Sterne schon erblassten.

Ich erwachte einige Stunden später. Mano war schon auf und hatte unter einem riesigen Baum ein opulentes Frühstück gerichtet. Ich war verkatert und schaffte es nicht zu lachen, als blitzartig ein schwarzer Affe von dem Baum herunter über mein Frühstück herfiel, so viel er greifen konnte mitnahm und unmittelbar über mir, auf einem Ast sitzend, verspeiste. Ich hatte das Gefühl, von ihm verspottet zu werden, und auch auf Manos Gesicht glaubte ich ein verstohlenes Lächeln zu erkennen.

Als wir später an einer Safari teilnahmen und in der Savanne Herden von Antilopen, einige Giraffen und Straußenvögel sowie einen Löwen sahen, kam mir das alles so fremd vor wie nie.

Abends eröffnete ich Mano, dass ich möglichst bald zurück nach Deutschland müsse, um diese Konferenz vorzubereiten. Ich könne das unmöglich meinem neuen Geschäftsführer allein überlassen, er sei ja noch in der Probezeit. Mano meinte ärgerlich, er verstehe umso weniger, warum ich ihn nicht dabeihaben wolle, verstummte dann aber, weil er es offenbar nicht wieder zum Streit kommen lassen wollte. Und ich buchte meinen Rückflug.

DIE KONFERENZ

Als ich in Frankfurt landete, störte mich der deutsche Winter nicht mehr. Außerdem stellte ich mit Befriedigung fest, dass es stimmte, was Haiko Wohlfarth mir per E-Mail schon mitgeteilt hatte: Alles war durchgeplant, die Einladungen waren verschickt, die Zusagen zahlreich. In vier Wochen sollte der Termin stattfinden, und meine Mithilfe war völlig überflüssig. Eingeladen waren: Ärzte ohne Grenzen, die Welthungerhilfe, die Mali-Hilfe e.V., die Initiative Help, Hilfe zur Selbsthilfe, der Verein »Häuser der Hoffnung« und die Entwicklungshilfe Mali. Die Referate und Diskussionsrunden waren perfekt organisiert, sodass die Teilnehmer sich gegenseitig auf verschiedene Weise anregen konnten. Alle waren zufrieden und lobten die Initiative, und mir selbst wurde klar, dass meine ursprüngliche Idee eines großen Schulprojekts die richtige war. Trotzdem sah ich auch das Problem dabei, nämlich dass ich Mano auf die eine oder andere Weise immer wieder begegnen würde, denn ich hatte mich damals schon halb entschlossen, mich von ihm zu trennen. So suchte ich einen anderen Träger als die christliche Schule Pas à Pas des Pastors Enoc Sagara. Dabei kam ich auf die Welthungerhilfe mit ihren »Schulen, die zum Leben passen«. Dass dies hierzulande die »mobilen Schulen« waren, davon überzeugte mich der Forschungsbericht eines Anthropologen, der nach einer dreiwöchigen Reise durch das Niger-Binnendelta folgendes Fazit zog: »Diese Schulen passen genau zur Lebensweise der Menschen, und die Schüler gehen gerne zur Schule. Immer mehr Kinder der Region werden eingeschult, in drei der von ihm besuchten Dörfer sogar alle Kinder im schulfähigen Alter. Dies ist besonders außergewöhnlich, weil viele der Eltern selbst keine Schulbildung haben und Analphabeten sind. Aber auch die Erwachsenen werden unterrichtet und betreut, nehmen deshalb die Schule an und unterstützen ihre Kinder. An jedem neuen Lagerplatz stellen die Gemeinschaften mindestens ein Zelt oder eine Hütte für den Unterricht bereit. Die Lehrer wandern mit. So können die Kinder ihre Lebensweise mit einer guten Schulausbildung verbinden und erhalten eine Perspektive für eine bessere Zukunft.«

Ich beschloss also, der angesehenen und schon viele Jahrzehnte bestehenden Institution die für die Schulentwicklung in Mali vorgesehenen Gelder zur Verfügung zu stellen. Haiko Wohlfahrt sollte sich dann immer wieder vor Ort über den Fortgang des Projekts informieren.

TRENNUNG

Je besser ich meinen Geschäftsführer kennenlernte, desto mehr schätzte ich ihn und gewann den Eindruck, dass dies auf Gegenseitigkeit beruhe. Bei einem gemeinsamen Abendessen, bei dem ich ihm von meiner Indienreise erzählte, erwähnte er, dass auch er in Indien gewesen und fasziniert von diesem Land sei, und was ich ihm von der Freundschaft mit Pushpa erzählt hätte, könne er gut nachvollziehen. Er habe dort Frauen von berückender Schönheit gesehen, die außerdem auch sehr klug seien. Er könne sich mich im Sari sehr gut vorstellen. Sicherlich kleide er mich ausgezeichnet, ich sei genau der richtige Typ dafür.

Zu meiner Verwunderung und Verärgerung bemerkte ich, dass ich bei seinen Komplimenten errötete, und mir wurde klar, dass ich auf der Hut sein musste. Gleichzeitig begann ich immer öfter über die Notwendigkeit einer Trennung von Mano nachzudenken.

Eine Woche später saß ich im Flugzeug nach Bamako, um Mano zu eröffnen, dass ich die Scheidung einreichen wolle.

Er war nicht allzu erstaunt, sondern schien etwas Derartiges erwartet zu haben.

Durch Zufall bemerkte ich Spuren eines anderen weiblichen Wesens in der Wohnung und stellte ihn zur Rede. Mit einem Grinsen fragte er, was er denn tun solle, wenn ich so lange in Deutschland sei. Er willigte ohne Weiteres in die Scheidung ein. Ich überließ ihm die Wohnung samt Einrichtung.

DIE ZWEITE HOCHZEIT

Mit Haiko Wohlfarth machte mir die Arbeit in der Stiftung immer mehr Spaß. Das Schulprojekt in Mali war bald nur noch ein Schwerpunkt unter vielen. Wir unterstützten nun auch Einrichtungen, die neue Wege gingen, Institutionen, die sich um körperlich und geistig Behinderte kümmerten, sowie neuartige Initiativen zur Betreuung alter Menschen.

Die eingehenden Anträge wurden von Haiko Wohlfarth nach bestimmten Kriterien ausgesiebt, anschließend prüften wir sie gemeinsam, oft unter Heranziehung eines Gutachtens. Häufig beschlossen wir den Besuch eines Projekts, was immer wieder zu gemeinsamen Reisen führte. Dabei lernten wir uns zunehmend besser kennen, und ich war glücklich, endlich einen Mitarbeiter auf Augenhöhe gefunden zu haben, wie ich es mir seit der Rockefeller-Ausbildung gewünscht hatte. Nach einiger Zeit spürte ich, dass die Übereinstimmung sehr weit ging und ich ihn mir als ständigen Partner vorstellen konnte. Haiko Wohlfahrt seinerseits verhielt sich äußerst galant, sodass ich mich bestätigt fühlte. An einem Abend im Frühsommer, als wir während einer unserer Projektbesuche im Inselhotel in Konstanz auf der Seeterrasse beim Essen saßen, bot ich ihm zuerst das Du an und fragte dann: »Könntest du dir eine engere Partnerschaft mit mir vorstellen?« Er schien darauf gewartet zu haben, bejahte lebhaft und schlug eine Heirat vor. Ich stutzte: So weit hatte ich eigentlich nicht gehen wollen!

Ich verabschiedete mich mit der Bemerkung, dass ich sehr müde sei und mir das durch den Kopf gehen lassen müsse. Als wir uns die Hände reichten, spürte ich seine Verunsicherung.

Über Nacht wurde mir jedoch klar, dass ich das Bedürfnis nach einer festen, zuverlässigen Bindung hatte. Ich willigte in den Vorschlag ein, ihn zu heiraten, bestand jedoch auf Gütertrennung.

Wir waren uns einig, dass wir nur auf dem Standesamt und in aller Stille heiraten, kein Fest veranstalten und auch unsere Namen nicht ändern wollten. Unser Leben ging fast unverändert weiter wie bisher; eine wichtige Neuerung war jedoch das Haus, das ich in bester Lage in Bockenheim mietete. Denn ich hatte das Gefühl, meine endgültige Lebensform gefunden zu haben, und wollte dafür einen entsprechenden Rahmen schaffen. So gab ich mir viel Mühe, unser Heim wohnlich und gleichzeitig repräsentativ einzurichten, und arbeitete dabei mit einer renommierten Innenarchitektin zusammen. Es war mein ganzer Stolz, und Haiko versagte mir seine Anerkennung nicht.

Das Zusammenleben in diesem Haus veränderte an unserer persönlichen Beziehung kaum etwas. Wir hatten beide unsere getrennten Bereiche, bestehend aus Schlaf- und Arbeitszimmer, nahmen aber in der Regel das Abendessen gemeinsam ein. Meine Einstellung einer Haushälterin erwies sich als Glücksgriff, und das Leben schien für mich in Ordnung.

Als ich nach der durch die Einrichtung des Hauses bedingten Pause wieder in die Stiftung zurückkehrte, stellte ich Veränderungen fest, von denen mir Haiko nichts erzählt hatte: Meine langjährige Sekretärin war von ihm unter einem fadenscheinigen Grund entlassen worden, und er hatte eine neue eingestellt, die mir ausgesprochen unsympathisch war. Außerdem hatte er die über die Welthungerhilfe laufende Unterstützung von Schulen in Mali gekündigt, obwohl er doch wusste, dass mir diese besonders am Herzen lag. Daraufhin angesprochen, lautete sein Argument, dass er es nicht für gut halte, einer so großen Organisation Geld zur freien Verfügung zu geben, weil man keine Kontrolle darüber habe, wie es genau verwendet wird. Ich gab ihm teilweise recht, meinte aber, er hätte das zumindest mit mir diskutieren müssen, denn wir hätten das vor einiger Zeit gemeinsam beschlossen. Durch seine patzige Antwort, er habe seine Meinung eben inzwischen geändert, wurde mir mit einem Schlag klar, wie schwierig es ist, den eigenen Ehemann als Geschäftsführer zu beschäftigen. Ich wollte in Ruhe darüber nachdenken und erwiderte deshalb nur kurz, dass ich später darauf zurückkommen wolle. In Wirklichkeit aber war ich ratlos und ließ die Sache auf sich beruhen. Haiko spürte, dass er zu weit gegangen war, und verhielt sich in den folgenden Wochen kooperativ.

Ein paar Tage später kam die Ankündigung vom Arbeitsgericht, dass die entlassene Sekretärin Klage eingereicht hätte und der Termin für die Verhandlung später mitgeteilt würde. Ich gab Haiko ärgerlich zu verstehen, dass er diesen Termin wahrnehmen und auch die Kosten tragen müsse. Er erwiderte nichts. Als ich aber das Büro verließ und unverhofft noch einmal zurückkam, überraschte ich ihn, wie er Fritzi, die neue Sekretärin, leidenschaftlich an sich drückte.

»So ist das also! Und das war's dann auch!«, schoss es mir durch den Kopf, während ich Tür mit einem heftigen Knall zuschlug.

Ich entließ Haiko fristlos und reichte die Scheidung ein.

WIEDERSEHEN
MIT URS

Später geriet ich ins Grübeln, inwieweit all diese Probleme schlichtweg mit meinem Reichtum zu tun hatten – oder vielleicht doch mehr mit meiner Leichtgläubigkeit. Ich kam zu dem Schluss, dass wohl beides eine Rolle spielte. Letztendlich musste ich mir auch eingestehen, dass meine Sehnsucht nach Geborgenheit, nach einem Menschen, der auch im Alter für mich da sein würde, die eigentliche Wurzel meiner Schwierigkeiten ist.

Ich dachte auch über die Ursache meiner vielen missglückten Männerbeziehungen nach. War der Grund dafür nicht die Tatsache, dass ich eine reiche Erbin bin? Deshalb ist der Verdacht, dass ein Interesse an mir als Person im Grunde genommen das Interesse an meinem Geld ist, auch begründet. Dabei kam mir der einzige Mann in den Sinn, bei dem ich mir völlig sicher war, dass dieser Grund wegfiel – und das war Urs. Ich beschloss deshalb, ihn zu besuchen.

Ich rief ihn an und erreichte ihn in seiner Villa in der Gartenstadt Winterthur. Er zeigte sich erfreut über meinen

Wunsch, ihn zu sehen, und schlug das Hotel »Baur au Lac« in Zürich vor.

Als ich am nächsten Tag im Hotel eintraf, war Urs schon da und wartete in der Eingangshalle auf mich. Ich lief auf ihn zu und umarmte ihn zu meiner eigenen Überraschung; und auch er schien aufrichtig erfreut, mich zu sehen. Wir verabredeten uns zum Abendessen im Pavillon.

Während ich mich umzog, dachte ich an unsere gemeinsame Schulzeit zurück, als ich mitten im Schuljahr in die Klasse kam, und an seine schüchternen Annäherungsversuche, die schließlich zu einer engen Freundschaft führten. Und wieder grübelte ich über meinen mir später selbst nicht mehr verständlichen Rückzug nach dem Tod meines Vaters. Dabei wurde mir bewusst, wie tief ihn das damals verletzt haben musste. Trotzdem hatte er ja noch einige Zeit versucht, mit mir in Kontakt zu treten, bis er es schließlich aufgab.

Als wir endlich beisammensaßen, konnte ich es kaum erwarten, meine Fragen loszuwerden. Schon während wir auf das Essen warteten, begann ich, ihm zu erzählen, dass ich mir in der letzten Zeit viele Gedanken über mein Leben gemacht hatte.

»Ich habe vieles aufgeschrieben und möchte es dir gern zum Lesen geben.«

Urs schaute mich aufmerksam an, und ich fuhr fort. »Ich habe mich oft gefragt, wie es kam, dass ich auf meine Erbschaft in dieser Weise reagiert und alles in eine Stiftung eingebracht habe.

Meine dringendste Frage aber ist: Warum habe ich dich vor den Kopf gestoßen, indem ich die Verlobung verweigerte und außerdem jeden weiteren Kontakt zu dir abbrach? Damals habe ich nicht geahnt, dass ich mir damit die Chance zu einer erfüllten Beziehung verbaut hatte, die ausschließlich auf gegenseitiger Zuneigung beruhte. Mit dir wäre das möglich gewesen, da in unserer Jugendfreundschaft Geld keinerlei Rolle gespielt hatte. Wir mochten uns einfach. Ein so unbelastetes Kennenlernen war später nie wieder möglich, denn beim Zustandekommen aller späteren Beziehungen spielte mein ererbtes Vermögen stets eine mehr oder weniger große Rolle.«

Urs sagte nichts dazu. Nach einer Weile fragte ich ihn: »Wie ist das denn bei dir? Vor Jahren hast du mir und Gretel gegenüber von deinen Schuldgefühlen gesprochen, die dich plagten, weil du die Erwartungen deines Vaters nicht erfüllt und sein Unternehmen nicht weitergeführt hast.« Er schwieg lange und begann dann nachdenklich: »Wenn ich es mir recht überlege, hat sich daran wenig geändert, selbst wenn ich inzwischen mit mehr Abstand auf mein Leben zurückschaue.«

»Das ist seltsam. Du hast doch immerhin versucht, die Firma zu übernehmen, und es ist dir nicht gelungen.«

»Es mag irrational sein, aber es ist dennoch so. Und dieses Gefühl, versagt zu haben, ist wohl auch eine der Wurzeln der Depressionen, die mich immer wieder überfallen und die auch jetzt im hohen Alter kaum abnehmen. Sogar als Maler fühle ich mich nicht wirklich frei und zugehörig, weil ich ja nicht vom Verkauf meiner Bilder leben muss. So schön das auf der einen Seite ist, dass man eine Ehe mit einer Frau, die sich Kinder wünscht, bedenkenlos eingehen kann, aber man ist eben kein ›richtiger‹ Maler. Es sei denn, die eigenen Verkäufe bewegen sich im Rahmen eines Äquivalents zum geerbten Vermögen. Aber davon bin ich weit entfernt.«

Ich nickte und brachte das meiner Ansicht nach ungerechte deutsche Steuersystem ins Spiel: »Arbeit und Konsum werden hoch besteuert. Das heißt, dass vor allem die Menschen für die Gemeinschaft bezahlen, die etwas ersinnen und erschaffen. Nicht jedoch diejenigen, die viel besitzen.«

Urs vermutete, dass für den deutschen Staat mehr dabei rauskäme, gab jedoch zu, dass es nicht gerecht sei: »Aber ändern können wir das auch nicht. Und mich als Schweizer betrifft das ja auch nicht.«

Ich hatte noch etwas ganz Persönliches im Blick und fuhr fort: »Ich habe immer wieder das Gefühl, dass ich irgendwie schief gewickelt bin, weil ich mir manches gar nicht vorstellen kann, da ich es nie erlebt habe. Das heißt, dass ich eigentlich gar nicht wirklich lebe. Wenn ich mich in ›normale Menschen‹ einzufühlen versuche, dann kann ich verstehen, dass mich Leute, die nicht viel geerbt haben, irgendwie für ein Monster halten. Monster ist vielleicht nicht das richtige Wort. Vielleicht wäre Krüppel besser, das heißt: jemand, dem etwas fehlt. Kein Körperteil, aber bestimmte Erfahrungen, und deshalb muss er – oder noch mehr sie, weil es bei Frauen vermutlich noch krasser ist – irgendwie dumm sein, das heißt: Es darf ihm oder ihr nichts Gescheites einfallen, das ist den

Intellektuellen vorbehalten, die verdienen müssen. So habe ich das öfter erlebt.«

»Und mit solch übertriebenen Schlussfolgerungen kann man sich wunderbar zur Schnecke machen! Aber zu Extremen hast du ja schon immer geneigt, beispielsweise durch deine Reaktion bei der Übernahme des Erbes«, meinte Urs.

Ich musste ihm recht geben.

Wir sahen uns lange an, und ich las aus seinem Blick, dass er in diesem Moment vom gleichen Gefühl erfüllt war wie ich: vom Bedauern, nicht gemeinsam als Paar durchs Leben gegangen zu sein.

IM BANN DES HITLER-REGIMES

Eva Madelung

Reden, bevor es zu spät ist *Roman*

Lebensbericht einer ehemaligen Nationalsozialistin

EUROPAVERLAGBERLIN

200 Seiten, gebunden mit Schutzumschlag
ISBN 978-3-944305-54-7

Eva Pasch hat nicht mehr lange zu leben. Einst war sie begeistertes Jungmädel und glühende Nationalsozialistin, jetzt will sie ihrer Tochter endlich davon erzählen. Hanna hat ihren Vater nie kennengelernt und vor Jahren den Kontakt zur Mutter abgebrochen. Was Hanna nicht weiß: Ihr Großvater war ein Nazigegner. Umso unverständlicher, dass ihre Mutter sich in den Dienst des Hitler-Regimes gestellt hat. Doch jetzt will Eva reden – bevor es zu spät ist.

In Form eines fiktionalen Briefwechsels schildert Eva Madelung das verhängnisvolle Schweigen zwischen der Kriegs- und der Nachkriegsgeneration in Deutschland – eine Geschichte, die auch ihre eigene hätte sein können.

»Nach der Lektüre dieses sehr lesenswerten Buches sieht man auf die Angehörigen dieser Generation mit anderen Augen, weil man die Beweggründe, die anfällig machen für eine solche Ideologie, in sich selbst entdeckt.«
Christoph Wild, ehemaliger Verleger des Kösel Verlags

www.europa-verlag.com

EUROPAVERLAG